花千樹

中文戇救

二集

寫好中文，我有一套

陳雲 著

目錄

序言　恢復文學教育，抗衡現代漢語 …… 8

撥亂反正，重設範文

為什麼中文這麼難寫？——中文的文句套式 …… 14
古文教學，氣勢磅礴 …… 24
考試題目也寫不好 …… 28
試不對題，考生何為？ …… 31
文白對譯，殊不容易 …… 37
太陽伯伯好無奈 …… 41
〈烏篷船〉，如何教？ …… 45

古文今用，撥亂反正

語文只求實用，可以麼？ …… 50

優雅中文，韻散並茂……55
韻散結合，始成文章……62
寫散文，如作曲填詞……65
唐詩諺語，寫好文章……69
曾蔭權尾大不掉……75
成語往還，熊鷹酬唱……78
港人喜用成語……82
寫文章，如種樹……87
高級食府，優雅中文……90
我司你司，敝司貴司……94
曖昧集團，愈描愈黑……98
施政報告，中英俱劣……101
「家是香港」，語無倫次……105
藝術評論，該如何寫……108

目錄

咬文嚼字，實用文書

選到一頭霧水……114
真普選？假法治？……119
垃圾暨廢物回收箱……122
雙倍負責……126
不准停泊，喬遷啟事……129
無障礙主任……133
厚切餐蛋麵……137
溫馨提示，自討沒趣……141
狗糞告示……146
今晚打野豬……151
找錢是「找續」，還是「找贖」？……155
意頭菜，賀新年……158
訃聞學中文……161

文言容易，白話艱難

文其言，白其話……166
寫小說，用白話……170
小說語言，勝於電影……174
古早黑糖與台式中文……177
好心分手……181
奶粉回報你的信任……184
語言偽術，文過飾非……188

附錄：古文選讀

附錄：古文選讀……193

序言

恢復文學教育，抗衡現代漢語

「衣衫不整，恕不招待」。「非請勿進，面斥不雅」。往日香港公共場所留下的告示，現在仍在用。若非當年留下精彩文言，真不知今日要花費多少唇舌。舊日的人可以出口成文、落筆成章，是由於以前學中文，是先學韻文，讀《三字經》、《千字文》，再學古文，有韻文的根底，才寫議論、敘事、抒情之散文。胸有詩詞歌賦，落筆成雙成對，前後呼應，音義貫串，恍如一氣呵成。

香港現在的學校，用語法教學，寫所謂現代漢語，以單句為主，於是學生將思想感情填塞於一句，逼逼仄仄，讀來意趣索然，也正好顯示香港社會的急躁與荒蕪。隨手在中學生的作品中，拈來一句，就看到語法教學之弊：

小時候時常伏在飯桌前看嫲嫲忙着弄拜神的祭品。

這種單句，一句到尾，明明講自身經歷，卻變了科學記錄。這種文句如要修飾，加上實際的事物與感情，只能在句中插話，將句子弄得更為冗長難讀。是故，此等語法教學，窒礙生機，令兒童性靈無以滋長。下面的寫法，並非改寫，而來自傳統口語或白話文的一路：

＊小時候，我愛伏在飯桌上，看祖母來回走動，忙着弄拜神的祭品。

＊小時候，每逢家中有祭祀，我都伏在飯桌上，看祖母忙着弄拜神的祭品。

這種中文並不艱深，甚至比第一句更淺白，形同口語，然而學校的語文教學，就是不由天真的語言開始，偏要灌輸貌似科學的現代漢語，將學生操練成為機械人。

有了天真口語，就可以做文學修飾，變成下面三句：

＊小時候家裏的祭祀，都由老祖母操持，我只是伏在飯桌上，呆呆地看。

＊小時候的神誕，由飯桌的祭品開始。嫲嫲來回張羅，我伏在桌上看。

＊小時候的神誕記憶，就是伏在飯桌前，看嫲嫲張羅拜神用的祭品。

漢唐人寫樸素古文，內有《五經》骨架，外有漢賦與唐詩肌理，寫來樸實剛直，氣勢磅礴。明清人寫風雅小品，裏面有宋詞元曲的韻致，寫來溫文婉約，餘味無窮。散文乃是結合韻文來寫的，然而現今的語文教學，將文學（韻文與美文）與語文（實用文）割裂兩邊，不能互通款曲，學生畢業之後就少有舊時人的文采。

大陸推出的現代漢語觀念，是當今中文教育的大敵。民國初年，五四時期提出的白話文、語體文，有個文學根源，也有美學追求，縱使是文學實驗，語法上有明清白話或方言土語為藍本，文心則繼承華夏士人氣節與才情。

本書主旨是弘揚文學教育，令學子可以將詩詞歌賦的韻律，古文格式之對仗，化入白話寫作。文章乃余課餘之作，應《明報》教育版編輯黃瑞貞君之請，定期撰寫，登於報端，雖是片言隻語，諒可輔助文事。

近日事忙，匆促成文，多有錯漏，刊登之時，幸得《明報》黃瑞貞君校對，結集出版，亦有花千樹出版社周凱敏君協助梳理目錄，校對缺漏，於此一併致謝。

陳雲　序於香港沙田
中華民國一百零二年夏曆癸巳年五月初五日
西元二〇一三年六月十二日

撥亂反正，重設範文

為什麼中文這麼難寫？——中文的文句套式

中文與英文一樣，自然口語與書面白話，都是養成的（acquired），所謂自然，是語言地道，態度親切，連結文獻，植根民間。母親的叮嚀、祖母的諺語、父老的格言、同伴的歌謠、學校的教材、街頭戲台的說唱曲文和古老大宅的詩詞對聯，這些都是自然中文的形成過程。這個形成過程不見了，或是受到壓抑，要寫好中文，就艱難了。

香港在九七之後，財閥僱主瘋狂剝削，勞動者缺乏時間照顧子女，中產家庭又誤以為學校教育可以加速小孩智力成長，教育局的官僚為了證明自己的西洋學問有用，證明外國的語言教學理論有用，於是摧毀傳統的中文教學法，代之以各種離奇古怪的語文練習和造句操練，連自己都吃不消，卻灌輸予下一代。目的是令華夏的傳統學問報廢、令家長自卑而放棄家庭教育，結果在香港造成了文化知識和語言習慣的世代斷層，這是假借普世教學理論的教育殖民，壓制華夏傳統語文教育，令到香港的新一代好多無法講出完整句子，無法寫好一篇通情達理的小段落。缺乏語言傳意能力的人，不能獨當一面，做不了領袖，只能當奴，當個馴服的中產階級。

中文有套式，不容「現代漢語」亂來

新派的教育官僚取締傳統中文教學之後，引入的是所謂現代漢語教學，他們認為教了學生漢語語法、修辭學、造句學之後，學生就可以按照觀察能力和想像能力來寫作，好像給予科學工具、科學理論之後，就可以憑觀察和理論想像來做實驗了。這是忽略了語言不是自然科學，自然科學可以學最新的、最有效的，阿里士多德的物理學與生物學是毋須在科學堂教的，語言卻是歷史累積而成的，不是自然科學，英國學生要學好英文，要選讀希臘羅馬文學，中國學生學中文，要選讀《詩經》和《史記》。尤其是中文的文言部分，是固定的表達套式，傳承不絕，是文章的骨架。揚棄了文言骨架，文章便變得虛浮矯激，不成體統。

為何中文寫作總是擺脫不了成語和套語？公事中文有格式套語，即使是抒情文章，也避不了成語套語，四字詞句，只是用得靈巧一點。中文不論口語或文章，頻繁使用套語，其來有自。[1]好的中文，必須要有傳統的套式，做個骨架，之後再靈活變通。這是在中文的語言學上有根據的。德國教育家洪堡特（Wilhelm von Humboldt, 1767—1835）於一八二六年在普魯士皇家科學院發表一篇演講〈漢語語法結構〉（Über den grammatischen Bau der chinesischen Sprache），指出漢語的單音節性質，令語音匱乏，而漢語的孤立語（isolated language）性質，無法好像歐洲語言一般的使用形式語法，故此要用固定的詞組來製造語氣停頓和文章斷句，幫助分別意義。這些詞組，就是成語、套語、四六駢文章句和對仗句法。[2]由於同音字、近音字太多，中文的講話及文章，如果不入套式，不用典故，好難明白，聽與看都好吃力。

除了義理之外，文章的聲韻也有助傳達意思。梁實秋寫於二十世紀二十年代的〈論散文〉說：「字的聲音，句的長短，實在都是藝術上所不可忽略的問題。譬如仄聲的字容易表示悲苦的情緒，響亮的聲音容易顯出歡樂的神情；長的句子表示溫和弛緩，短的句子代表強硬急迫的態度。」

書畫詞曲，融入文書

往日的華夏讀書人，書畫琴棋，樣樣精通，書法的文句配對、畫畫的題詞、琴音的長短輕重，棋局之佈局與籌算，多種藝術匯通於文章，寫來渾然天成，得心應手。舉例，中文的四六文句的章法，莫說是漢賦、宋詞與元曲，即使在稍為舊一點的流行曲，也可見到的。如先作詞、後譜曲的《鐵塔淩雲》（一九七四），用的骨架就是四六體的舊文句，中間過場和結尾部分有些變通。超過六個字的，是虛詞的「不」、「在」之類，減去虛詞，仍是穩定的四字六字結構，與古老詩詞是貫通的：

1 成語：事物的形成或發生，有其根源。

2 關子尹，〈從洪堡特語言哲學看漢語和漢字的問題〉，《從哲學的觀點看》，台北：東大，一九九四，頁二六九至三四〇。觀點引述自頁三〇三及三一五。

鐵塔凌雲，望不見歡欣人面；富士聳峙，聽不見遊人歡笑。自由神像，在遠方迷霧；山長水遠，未入其懷抱。檀島灘岸，點點粼光，豈能及漁燈在彼邦？……

佳藝電視《金刀情俠》（徐克導演，一九七八）主題曲，黃韻詩主唱的，更是遵循四六格式填詞：[1]

無數扮相，扮成真真假假；人面常換，換來串串淚下。如你扮我，我扮邊一個你？正是無奈，幾多嘆息，替代說話！無數幻覺，未明真真假假；人在棋局，在乎一子之差。留有伏線，裏面幾多變化？那着才算妙？邊招最險？決定難下。時勢銳變，但憑金刀一把。情義常在，在乎一點火花；難以避免，最後一招了卻。過後如悔恨，追悔不得，更無說話。

《上海灘龍虎鬥》的主題曲（作詞：黃霑，作曲：顧嘉煇；一九八一），也是用短詠、長嘆的方式來寫的，最後是一歌三嘆的傳統套式：

浪滔滔　湧出心裏無盡愛恨
龍虎爭鬥　成敗也不去問
湖海飄泊　幾多恩怨值得記掛
我願我心我願我身　再覓我真
上海灘中　清風催我隨它歸隱
乘風歸去　忘掉愛癡怨恨
人且揮手　拋開心裏萬億百記
作別了山　作別了水　別了眼淚

因為北方話的語言輕清，虛詞「們」、「着」之類，可以配入半拍的音，新加坡歌手孫燕姿主唱的《遇見》（二〇〇三）[2]，用的是白話，文句稍長，但也不會太長：

1 可在 YouTube 收聽：http://www.youtube.com/watch?v=Q2lL-UVgiow。
2 可在 YouTube 收聽：http://www.youtube.com/watch?v=678uZ7S_tKs。

聽見冬天的離開
我在某年某月醒過來
我想我等我期待
未來卻不能因此安排
陰天、傍晚、車窗外
未來有一個人在等待
向左、向右、向前看
愛要拐幾個彎才來
我遇見誰會有怎樣的對白
我等的人他在多遠的未來
我聽見風來自地鐵和人海
我排着隊拿着愛的號碼牌
我往前飛飛過一片時間海
我們也常在愛情裏受傷害
我看着路夢的入口有點窄

我遇見你是最美麗的意外
總有一天我的謎底會解開

「讀了《增廣》會說話，讀了《幼學》走天下。」以比較語法而言，中文是孤立語，並於秦漢之後演變成聲調語（tonal language），書寫體則是表意的、獨立的方塊字。學韻文，練書法，是中文教學之津梁。書法是學文字結構，也是用行氣來斷句，運筆的時候，虛詞（之乎者也）寫得輕快，實詞寫得隆重，中文文句的虛實之分，一動筆就出來了。

正史野史，輔助文事

明清時期，私塾的啟蒙教學，讀本多數是韻文，即使如散文的《千字文》，也是講究對仗和押韻的。往後的對聯、猜謎、古詩、唐詩等，都是韻文。韻文的基礎打好了，才學講話，寫文章，如此講話與文章之內，藏有韻文之骨格，如此便可出口成章，下筆成文。試看舊時學生的通俗讀物《三國演義》「煮酒論英雄」一節：

操曰：「使君知龍之變化否？」玄德曰：「未知其詳。」操曰：「龍能大能小，能升能隱；大則興雲吐霧，小則隱介藏形；升則飛騰於宇宙之間，隱則潛伏於波濤之內。方今春深，龍乘時變化，猶人得志而縱橫四海。龍之為物，可比世之英雄。」

曹操一段說話，對仗工整，語調鏗鏘，舊時學子的文章骨格，就在閱讀白話小說之後，無意煉成。

魯迅論《史記》，譽之為「史家之絕唱，無韻之離騷」。《史記‧屈原賈生列傳第二十四》，開頭是樸實的史筆，字不虛發，也是富麗的文辭，對仗工整：

屈原者，名平，楚之同姓也。為楚懷王左徒。博聞彊志，明於治亂，嫻於辭令。入則與王圖議國事，以出號令；出則接遇賓客，應對諸侯。王甚任之。

史傳學的是樸素文詞，誠實應對，詩文學的是優雅宛轉，一唱而三歎，韻味綿延。舊時香港學生就是這樣讀古文課、尺牘課的，寫出來的中文就有法度，即使面對的是現代科學世界，在商舖理帳目、寫契據，在衙門寫狀紙、出公告，縱使事態和道理精密，也可用簡單文詞敘述，令百姓可讀，常人可解。

文章有所本，做事有法度

反之今日，即使大學校長文告、特首施政報告，也是不合文體，迂迴曲折，機械乖張，讀得人一頭霧水。看他們的做事，也方寸大亂，沒有法度準繩。讀古文，除了學文辭，也是學做事、學氣魄。古文的作者，都是士大夫，一時風流人物。

在學校讀古文與詩詞，不一定要寫古文、造舊詩，而是那種格式、那種才情、那種文化知識、那種古人氣魄，可以轉化到白話文去，令白話像「話」，白話成「文」，用白話寫出華夏新時代的大氣魄。本書的文章，都是教學之餘的案頭筆記，有些投到報紙，有些留在教案，都非系統教材，但學生閑來一讀，也可提神醒腦，補充元氣。

未刊稿

古文教學，氣勢磅礴

二〇一三年四月十八日，香港教育局公佈，擬於新制高中恢復文言文的範文教學，當年九月執行。雖然決議匆促，卻是香港教育的大轉折，也是撥亂反正。我在政府總部做過官，行走政商高層，箇中底細，不妨坦白與大家說，即使諸位讀者是中學生，也要知道影響自己的教育政策，是如何成形的。

九七之後，執掌教育事務的官僚和財閥代表（諮詢委員、撥款委員之類），認為香港是國際城市，要為全球化商業服務，為跨國業務服務，故此學子不宜有文化傳統的負擔，只須具備普世價值（universal values）和通用技巧（generic skills）。於是，去除範文教育，並且不在中文科的考試考核範文，便成為理所當然之事。

底線教育，誤作最高標準

範文教育就是古文教育，古文的古，是古風、古雅。古文的文，是文章、文采。兩個字，千斤重。學習古文是學德性與才情，也是學文采，古文是博雅君子之教，也是文采風流之教。唐宋以來，一代一代的華人，就靠古文教育，形成共同的知識基礎，文化教養和談吐方式。這是維繫國本、培養國士的教育。至於那些抽空本族傳統與本土感情的普世價值和通用技巧的語文教育，只是底線教育（minimal standard education），而香港教育當局卻煞有介事，將這種底線教育推高，變成最高教育，於是香港的語文課本，弄得支離破碎，沉悶、機械而無成效。讀王羲之的〈蘭亭集序〉、歐陽修的〈醉翁亭記〉，即使不能盡得文言章法，也學識一點名士風流。

範文教育是中華的文化與文學教育，只要學得精細，與世界是接通的。民初的蔡元培、梁啟超、胡適等國士，出外與歐美學士見面，毫不障礙思想交流，反而贏得外人敬重。民初的上海和香港的商家及經理，秉承儒家禮教，忠厚待人，也得到外商敬重。反而，毫無傳統意識和道德文化的國際人、無家無國之人，你敢信任他們嗎？你會與他們深交嗎？

講到辭章與文采，我舉下面一例之修改，可證明古文教育之功效。以議論文為本，隨便取一個學生樣品（經修改）：

近年來中國的經濟發展急速，但社會制度卻以利益最大化為目標，令市面充斥劣質貨品，相反香港的貨品和服務受到法例監管，有品質保證，內地的購買者自然選擇鄰近的香港為主要的消費點，龐大而購買力高的內地客流入香港，漸漸在消費市場取了主導地位，以致名店和藥房林立，小店因地租高昂而無法生存，令本地人購物消費諸多不便。

古文修養到家，白話得心應手

讀過漢朝的《論貴粟疏》、《鹽鐵論》和《史記•貨殖列傳序》的，就識得簡約其詞，而且寫得氣勢磅礴，因為這些古文的作者是當朝掌政的大學士，不是專門投稿到報紙謀生的評論員！你學到這種古文氣魄，將來就可以成就大器。本乎古文根底與大夫氣質，寫出的白話，也是氣勢非凡：

近年中國大陸經濟飛躍增長，可惜文教失落，商人唯利是圖，執法機關貪污腐敗，市面劣貨充斥。香港民風淳厚，商譽優良，零售貨品受到法例監管，品質有所保證，遂令大陸客爭相來港購物，蔚然成風。陸客流量龐大而購買力高，形成喧賓奪主之勢，商家迎合外客，以致鬧市內名店與藥房林立，小店遭受高地租驅趕，絕迹於鬧市，本地人逛街購物與飲食消費，只得漸行漸遠，在僻靜地區尋覓了。

《明報》二〇一三年四月二十六日

考試題目也寫不好

三月二十八日，第一屆中學文憑試開鑼，中文科的作文卷有三題，選答一題。題目需要，考生普遍認為比往年難寫，成績也比往年遜色。然而，看了《明報》的報道，我發現作文題目的行文用字，也比舊日倒退了。當然，題目的立意高明，考驗學生的生活體驗、思想佈局和段落結構，是恰當的作文考核。

第一題是懷緬唐老師之中國文化言傳身教，文章冗長，難於在此品評。第三題講休學年的，文字尚算平穩，不予苛求。[1] 第二題則有沙石，大可批評。原文如下：

一個寒冷的冬天，幾隻刺蝟擠在一起取暖。由於牠們身上長滿了短刺，彼此戳痛了對方，所以不得不散開。可是，寒冷的天氣又驅使牠們擠在一起，同樣的事情重複發生。牠們終於明白：不要太近，也不要太遠，最好彼此保持一定的距離。

這個故事的道理仍然貫穿在我們的現實生活中，試就此寫一篇文章。[2]

此題可以導引學生寫出有三段結構的議論文，人際關係太密切，容易彼此損傷，太疏離則孤立無助，最好就是保持不即不離的安全距離，可以列出「相見好，同住難」，英國諺語好籬笆造就好鄰居（Good fences make good neighbours）或親暱易生欺侮（Familiarity breeds contempt），生活例證可舉大陸跨境旅行購物的龐大流量對港人生活之不便。

1 第三題如下：「有些國家的大學，容許學生完成中學課程後，在入讀大學前，有一年休學年，學生可離開校園，利用這一年追求夢想或體驗生活，為大學生活作好準備。假若大學已錄取了你，並給予一年休學年，你會如何善用？試談談你的構思。」

2 德文原文："An einem kalten Tag entwickelt eine Gruppe Stachelschweine ein allen gemeines Wärmebedürfnis. Um es zu befriedigen, suchen sie die gegenseitige Nähe. Doch je näher sie aneinanderrücken, desto stärker schmerzen die Stacheln der Nachbarn. Da aber das Auseinanderrücken wieder mit Frieren verbunden ist, verändern sie ihren Abstand, bis sie die erträglichste Entfernung gefunden haben." Arthur Schopenhauer, *Parerga und Paralipomena: Kleine philosophische Schriften*, 1851.

然而，由於香港缺乏文學教育與敘事寫作或講故事的訓練，即使出考題的老師，寫了也是枯燥無味。「一個寒冷的冬天」是英文，不是中文，中文是不講「一個冬天」的。「散開」是散得太開了，豈能迅速重聚？「寒冷的天氣」是遠在天邊的天氣，不是近在眼前的苦寒。「同樣的事情重複發生」，自己也重複，寫「事情重複發生」就夠，但也不如用疊詞生動。命題寫作的「貫穿」，不知何解。總之，寫得毫無戲劇性（not dramatic），命題也不準確，改寫如下：

冬夜，苦寒難耐，幾隻刺蝟彼此靠近，擠在一起，互相取暖。刺蝟身上滿是短刺，擠得近了，便刺痛對方。然而挪開一點，卻又冷得要命，如是者大家進進退退的，終於找到了一個最合適的距離：不要太遠，也不能太近，這樣大家暖和，但也不會刺着對方。

刺蝟取暖的故事教訓，在生活處處可見，請以此為喻，寫一篇議論文章。

《明報》二〇一二年九月二十一日

試不對題，考生何為？

出作文試題的人，文心不正，文筆不順，試問如何考核學生？第二屆中學文憑試主科四月八日開考，中文科作文試題，三條作文題目都試不對題。[1]悲哉，香港中文教育！

1 然而，《蘋果日報》當日卻請了左翼評論人及社運人為試題作答，而作答的葉一知和周澄，毫不懂得批判試題，竟然如實作答，只是玩了些調皮。這也是可悲的，左翼聲稱反政府，卻是遵照政府定下的議程來反！參閱〈「文憑試」創意作文題 名師話有好大抽水空間〉，見 http://hk.apple.nextmedia.com/realtime/news/20130408/51336669。
葉一知範文：http://hk.apple.nextmedia.com/realtime/news/20130408/51336698。
周澄範文：http://hk.apple.nextmedia.com/realtime/news/20130408/51336775。

第一題：

我曾參與一次活動，當中的經歷令我覺醒過來，明白到「己所不欲，勿施於人」這道理。

根據以上描述，試以你的經歷和體會，寫作一篇文章。

首先，做文章議論人生哲理，應從實際生活體驗來談，不從空洞的活動來談。生活不是學校活動，震動心靈的經歷是從生活來的，不是從安排好的活動來的。其次，試題語意不清，「根據以上描述」，是要學生設想在活動裏有什麼體驗，還是根據活動得出的教訓「己所不欲，勿施於人」，而鋪陳自己的生活經歷來闡述？當然，評卷指引一般是寬鬆處理，兩者都可，但試題不應含糊不清，令考生狐疑，浪費答卷時間。《易傳》有云：「修辭立其誠」，出試題要老實、坦白，修改試題如下，當可令考生思路暢通，文如泉湧：

幾年前，我跟朋友鬧翻了，回家之後，想到古語「己所不欲，勿施於人」，愧疚不已。自己做得實在過分，自己不想要的事，竟然放到人家身上去了。

類似上述的事，你經歷過嗎？請用你的生活經驗，寫一篇文章。

第二題，是文句不通：

「孩子不是等待被填滿的瓶子，而是盼望化作燃燒的火焰。」

試就個人對這句話的體會，以「成長」為題，寫作一篇文章。

首先，出題的用意錯了，考生是學童，不是家長。其次，文句不通。「等待被填滿的瓶子」是洋化句式，「被」字是多餘的。此句應出自羅馬帝國時代的希臘作家Plutarch（普魯塔克）的名句"The mind is not a vessel to be filled, but a fire to be kindled."，我的漢譯是：「思想不是待填滿的空瓶，而是待點燃的烈火」，空瓶與烈火相對。

上句「被填滿的瓶子」，下句要對稱，應是「燃燒的火炬」，前句的「瓶子」是靜態，不應用動態的「火焰」對稱。當然，寫為「化作火焰燃燒」更好。「化作」是前後狀態有變化的，如龔自珍歌詠落花：「落紅不是無情物，化作春泥更護花。」落花化作春泥容易，但孩子如何化成火焰呢？最後，孩子是要呵護成長的，年紀輕輕，做什麼火焰？要推小孩出來反國民教育[1]，為社會當烈士麼？此題真如木桶滾落山：不通不通又不通。

若是修改，當可如下：

做孩子的，都不希望父母長輩當自己是空瓶子，總是把東西往裏面塞，而是盼望他們當自己是雛鳥，起步看顧一下，往後靠自己飛。

第三題意義清楚，只是鼓吹不孝，大逆不道。中文教育除了語文之外，還傳遞文化教養的：

今早媽媽打掃的時候，瞄一瞄玻璃窗外鄰居晾曬的衣服，便批評道：「看，那新鄰居真馬虎！衣服還是污漬斑斑，洗得一點也不乾淨。」

女兒聽後，一言不發，走到窗前仔細打量，隨即抹掉窗上的灰塵，説道：「這不就乾淨了嗎？」

媽媽恍然大悟，不乾淨的不是別人的衣服，而是自己的窗子。

試就這個故事對你的啟發，寫作一篇文章，談談如何消除偏見。

父母犯了通番賣國、貪贓枉法的大罪，子女方可直斥其非。父母一時疏忽犯錯，子女應該委婉告知，不應一言不發，面指其非，令父母出醜。將試題的女兒的角色改成婆婆或祖母就好，這樣學生也可寫得客觀一點，不必把自己牽涉進去。至於此題的行文，仍有機械中文之弊，更換角色之後，修訂如下：

1 二〇一二年政府擬於全港學校實施國民教育，帶頭反對者，乃一群中學生組成之「學民思潮」。

今早媽媽在家裏打掃，碰巧看到了玻璃窗外鄰居晾曬的衣服，便批評道：「看，那新鄰居真馬虎！洗過的衣服，還是污漬斑斑，洗得一點也不乾淨。」

婆婆聽後，一言不發，走到窗前打量一會，便抹掉窗上的灰塵，說道：「你看，這不就乾淨了嗎？」

媽媽恍然大悟，原來不乾淨的不是別人的衣服，而是自己的窗子。

這個故事對你有什麼啟發？請寫一篇文章，談談如何消除偏見。

《明報》二〇一三年四月十九日

文白對譯，殊不容易

文言文教不教，範文不範文，真是個問題。教育局在十一月二十七日聯同考評局向各中學發問卷，諮詢學界是否同意「課程應提供若干指定文言文經典學習材料，讓學生熟記……同時可作為培養讀寫聽說能力的部分學習素材」，可能會再度引入範文。[1] 語文教育也是文化教育，熟讀幾十篇文言文，可培養中華文化根底。[2]

1 「至於中長期方案中，問卷問及教師是否同意『課程應提供若干指定文言經典學習材料，讓學生熟記其中精華片段……同時可作為培養讀寫聽說能力的部分學習素材』，又問如果加入『經典文言文』，是否應在十至二十五篇或其他建議數量。據了解，今年其中一場教師諮詢會，近七成教師舉手同意，希望當局重新加入『經典文言文』，提升學生的中文能力及對中國文化的認識。」採自〈檢討新制中文科　經典範文或「復活」〉，《文匯報》，二〇一二年十一月二十八日。

2 歐美學校也教凱撒大帝的拉丁文發言和莎士比亞的中古英文話劇，中文的優勢，是文言文與語體文的隔閡不大。

古文與詩詞一樣，講究章法與平仄。古文千錘百煉，熟讀古文，無意之中可以掌握中文的字句結構和音韻平仄。然而學生學習古文，往往依賴白話翻譯，而課本的白話翻譯，不一定是聘請文人為之，而是由一般語文工作者[1]操刀，不能掌握文言與白話的轉寫。文言是簡約而樸實的，白話是平易近人而略近瑣碎的。文白之間的對譯，往往要轉化句法，要有作家心思，始可呈現原意。

例如晉人干寶《搜神記》卷一有一篇講「種瓜」的法術，篇名叫〈徐光〉：

吳時有徐光者，嘗行術於市里。從人乞瓜，其主勿與，便從索瓣，杖地種之。俄而瓜生、蔓延，生花、成實。乃取食之。因賜觀者。鬻者反視所出賣，皆亡耗矣。[2]

網上廣傳的白話翻譯如下[3]：

吳國有個叫徐光的人，曾在鬧市裏表演法術：他向賣瓜的人討西瓜吃，那人不給，他便向他要瓜子，那人給了，他把瓜子直接種在了自己用拐杖在地上弄的一個坑裏；過了一會兒瓜藤就長出來了，漸漸蔓延開來，然後開花，結果，成熟；於是徐光取下一個來吃，並且摘下一些送給圍觀的人。賣瓜的人反過來看自己的瓜，竟然都不見了。

原文是典型的古文筆法，交代動作過程，以四字為本（「從人乞瓜，其主勿與，便從索瓣，杖地種之」）；描述連串快速動作，以二字為本（「瓜生、蔓延，生花、成實」）；講結果的，是新創的複詞：「亡耗」（消失與耗損）。至於敘事的，是不經修飾的文句，最易翻譯：「吳時有徐光者，嘗行術於市里」。寫賣瓜人的西瓜被術士變走了，干寶用的是隱沒名詞的代名短語（「鬻者反視所出賣」），代替「瓜」字，也是「鬻者反視其所出賣者」的省略句。這些精妙的古文筆法，在白話翻譯都磨滅了。白話翻譯的末句，竟然寫出個「瓜」字來。

1 教師、編輯等，此詞乃空泛之詞，但此處可用。
2 北齊顏之推《顏氏家訓•歸心》：「世有祝師及諸幻術，猶能履火蹈刃，種瓜移井，倏忽之間，十變五化。」
3 見 http://www.tianya.cn/techforum/content/16/676517.shtml#ConPoi。

傳古文神韻，語譯如下：

吳國有個叫徐光的，一度在鬧市表演法術。他向賣瓜的人討西瓜吃，那人不給。徐光向他討了顆瓜子，用拐杖在地上挖了個坑，埋了進去。一陣子，瓜苗出來了，藤葉蔓延，開花了，結果了，成熟了。徐光取了一顆來吃，也摘了些送給圍觀的人。賣瓜的人回頭一望，自己賣的東西，空空蕩蕩，都損失掉了。

《明報》二〇一二年十二月七日

太陽伯伯好無奈

王朝時代，國人在私塾讀書，啟蒙的《千字文》如此：「天地玄黃　宇宙洪荒　日月盈昃　辰宿列張　寒來暑往　秋收冬藏……」。文義與聲韻，兩相對仗，兒童朗讀就識得斷句，毋須標點與分段。入了民國，另編課本，依然保留文章的人情與雅興，如《共和國教科書新國文》（一九一二）的一課，也無標點：「天初晚　月光明　窗前遠望　月在東方」（第一冊第二十九課）。

大概在二十世紀八十年代之後，香港引入新派語文教學，採取新編課文，與語文習作配合，例如教擬人法，除了小蜜蜂嗡嗡嗡之外，必定有太陽伯伯，隨手在網上拈來一課（文章經筆者簡略）：

春天到了，天氣十分溫暖。太陽伯伯探出頭來，向着大地招手。小河邊長滿了青綠的大樹，樹上一個個紅紅的蘋果，露出了甜美的笑容。

小綿羊手拉手，在綠油油的草地上玩耍，你追我逐的，快樂透了。森林裏充滿了歡樂的笑聲。[1]

這類課堂文章，觸手皆是。例如「十分溫暖」，患了修辭大忌，如果形容詞要用「十分」這類虛弱的副詞來加強語氣的，就應該改換另一個形容詞。「向着」是口語，北方口語的「着」，是輕聲唸的，但書寫出來，就霸了一個字位，而且沒什麼意思。「長滿了」那個「長」字，並非生長的意思，只是「有」的意思，是個軟弱無力的動詞，不如不用。「一個個」與「紅紅」，疊音詞太接近，讀來不和諧。至於綿羊，四蹄着地，不會手拉手。更且，手拉了手，只能互相牽扯，如何互相追逐？

最要命的是，太陽不可以寫做太陽伯伯。太陽熾熱，不可直視。除了旭日初升與夕陽殘照（「夕陽無限好」），古人好少吟詠太陽。古人詠月的詩句好多（「床前明月光」），除了夜間心靜之外，也由於與日無親。古人有指天誓日之詞，如夏桀無道之時，人民就指住太陽來罵昏君：「時日曷喪，吾與汝偕亡」，即是說「這個太陽啊，什麼時候滅亡？我與你一齊死吧！」

太陽伯伯之類的擬人法，糟蹋了弱小心靈的自然感性。明明與日無親，卻要稱之為太陽伯伯、太陽公公。這種違反自然景象與人類心理的教學法，就時刻在香港的小學課堂實踐。你說，孩子還可以學得好語文嗎？他們還能真心喜歡語文課嗎？

優雅中文，本應如是：

> 春天到了，天氣暖和。太陽初升，光照大地。小河邊，青草綠樹，蝴蝶紛飛。山谷深處，樹上掛滿蘋果，漲紅了臉，露出甜美笑容。
>
> 草地綠油油，小綿羊你追我逐，嘻嘻哈哈，笑聲充滿了山谷。

1 文章改編自：http://www.classroom.com.hk/weblink/c-step/chi/page.aspx?content=chi01d2.htm。

若果小學課本用的是如此課文，語文老師會省卻好多批改文章的時間。當然，奉現代漢語為宗的新派老師會問，「太陽初升，光照大地」，前後句的關係在哪裏？介詞又哪裏去了？這樣不符合漢語語法的文句，豈可授予學生？於是，後句要改為「向着大地照射」了。

《明報》二〇一二年十一月二十三日

〈烏篷船〉，如何教？

範文難教，愈近代的愈難教。雖然教育局目前只說重設古文，但難保往後會否再納入白話文。古文〈歸去來辭〉、〈蘭亭集序〉、〈醉翁亭記〉之類，註解清楚，歷史背景和思想主旨有定論可循，易教易學。近代的作品，涉及東西學問交流及對西化與現代化的取態，像魯迅和周作人的文章，過去選材很多，但都是難教的，一般教科書或閱讀理解練習多是亂來，不得其法。

例如大家耳熟能詳的周作人散文〈烏篷船〉，玩耍之中的苦澀味、地方傳統消亡之際的惆悵感，雖然香港也正面臨這些情懷，但編書的卻無法掌握，考試出題目的，更加茫茫然。

烏篷船是《苦雨齋尺牘》裏的一封信[1]，周作人是寫給自己的，子榮君是虛擬的收信人，也是他用過的筆名。文章開頭，是聽説友人要去他紹興家鄉，但又發現家鄉沒什麼可以介紹他遊覽的，他不想寫風土人情，那是友人可以自己看的。他想寫的是船，但友人卻在城市坐電車、汽車的，他家鄉除了轎子之外就是船。船有日常坐的烏篷船，但白篷的夜航船多人坐，然而他不説它。烏篷船「四明瓦」的較大、三道船的「三明瓦」較小，但還是坐小船最有興味：

小船則真是一葉扁舟，你坐在船底席上，篷頂離你的頭有兩三寸，你的兩手可以擱在左右的舷上，還把手都露出在外邊。在這種船裏彷彿是在水面上坐，靠近田岸去時泥土便和你的眼鼻接近，而且遇着風浪，或是坐得少不小心，就會船底朝天，發生危險，但是也頗有趣味，是水鄉的一種特色。

但小船危險，他提議友人去坐三道船，可以飲酒，可以去看廟戲。但現在廟戲沒有了，「講維新以來這些演劇與迎會都已禁止，中產階級的低能人別在布業會館等處建起『海式』的戲場來，請大家買票看上海的貓兒戲。」他説另一位友人川島現居故鄉的山下，本來可以介紹同行的，但收到信的時候，川島也該離去了。

周作人談烏篷船的時候，一直欲言又止，在錯失話題、從話題滑開去，到了幽深的回憶裏去。這是用了唐人宋之問（一說是李頻）《渡漢江》的詩意入文：「嶺外音書絕，經冬復歷春。近鄉情更怯，不敢問來人。」其次，是西化之後，烏篷小船式微，傳統的地方廟戲也給上海來的文明戲（話劇）取代了。國人不愛惜鄉土，苦在心頭。不斷的離題（英文 digress），從離題之後找到自己真正要談的，找到自己心靈的寄託之處，才是這篇散文的筆法所在。[2]

然而，讀過的課文都說〈烏篷船〉描寫細膩，顯示作者的閑情逸趣，平和自在之類。閱讀理解的練習，也不外乎問這些問題（依照艱深程度排列）：

1 一九二六年十一月作，收入《澤瀉集》。

2 這種離題的寫法，也是常用的，甚至書名就是。如美國作家 Raymond Carver 的 *What We Talk About When We Talk About Love?*，村上春樹的《關於跑步，我說的其實是……》。

*「三明瓦」是什麼？

*烏篷船與白篷船有什麼分別？

*烏篷船是什麼材料和結構？

*坐烏篷船有什麼樂趣，可以看到什麼故鄉風物？

若重新列入範文，能不能這樣問：

*周作人在談烏篷船的時候，他其實在談些什麼？

*作者為什麼總是欲言又止，他介紹的一些遊樂玩意，總是無法實現的？

*你與朋友談話的時候，有沒有遇過欲言又止，而被迫離題的情況？你當時的感受如何？心裏好受嗎？

能這樣問，才是教文學，才是傳學問，才是接通古人之心，否則只是教一篇介紹烏篷船的旅遊文章而已，學生讀一百篇也沒用。

《明報》二〇一三年五月二十四日

古文今用，撥亂反正

語文只求實用，可以麼？

首屆香港中學文憑考試（DSE）中文科的考試報告發表，發現部分考生常識貧乏，如指發明電飯煲前要鑽木取火煮飯；邏輯也混亂，如解釋男多女少現象，竟說男人較易死。考生除了錯字病句之外[1]，亂用客套語，寫信時稱，「謝謝你發表愚見」、覆函說「向你指教」，稱同學為「貴同學」等。[2]

報告認為考生的文學基礎薄弱，中國歷史文化知識貧乏。建議考生多讀、多想，累積文化知識和鍛煉思考，平日多讀經典和名家作品。這當然是正道，然而當今學校語文教育，用的是速成的機械習作，旨在鍛煉實用文章，又如何培養文思與修辭？實用文章在乎樸實簡明，蘇軾（蘇東坡）的奏章與書信，與他的辭賦與散文，乃一體之兩面。王羲之的〈蘭亭集序〉，以長句洋洋灑灑，與他的〈喪亂帖〉，以短句頓挫悲鬱，也是一體兩面。蘇軾致後輩之書信〈稼說‧送張琥〉有云：「博觀而約取，厚積而薄發」。讀書觀摩要廣博，累積夠厚，發表的時候才可以聊聊數語，撼動千山萬水。例如我有學生諷刺維港高樓豪宅，寫得幾句美文，卻由於閱讀辭賦不多，令人扼腕痛惜：

維港兩岸白天灰霾，煙霞披身；夜裏花火刺眼，霓虹俗豔，又何美可言？

若多讀辭賦，就識得對仗，可以寫成：

維港兩岸白日灰霾滿佈，一片煙霞；宵夜煙火刺眼，霓虹亂舞，即使居高望遠，又有何美可言？

1 「如寫錯『待人接吻（物）』、『尊（專）心』、『遺（違）反』等，亦有考生將二月三十一日定為回信日期，常識連小學生亦不如。」見〈文憑試爆笑錯漏　「遺」反「尊」心待人接「吻」〉，《文匯報》，二〇一二年十一月二日。

2 〈考生常識差　蘇軾變「蘇車式」〉，《經濟日報》，二〇一二年十一月二日。

寫質樸的實用文，也要有廣博的文學閱讀經驗，否則寫來就是文句乾枯，機械無情，不懂得設身處地，體諒讀者，得罪人多，稱呼人少。香港好多告示和公函，都是冗長而不通，而且處處維護自己，開罪讀者。如大坑西新邨告示：

本邨規例，嚴禁養狗
住户商店，切宜遵守

告示全用四字，偶句押韻，堪稱佳作，然而「切宜」就寫得過嚴，猶如師父教訓弟子，既然寫住戶與商店兩方之約束，就該用「各宜遵守」。這些用字分寸與禮數，就是廣泛閱讀而得。《三國演義》第五回袁紹下的軍令，用的也不過是「各宜遵守」：「國有常刑，軍有紀律，各宜遵守，勿得違犯。」[1] 用互聯網搜尋，可見明朝學士黃佐撰《泰泉鄉禮》有云：「此皆聖賢垂訓明白，凡厥庶民，切宜遵守。」[2]（語譯：這是聖賢留下的清楚教訓，凡是平民，切記要遵守。）這是父老告誡村中子弟之言，香港的屋邨管理當局竟然用了。

大坑西新邨的押韻告示

1 見《三國演義》第五回〈發矯詔諸鎮應曹公　破關兵三英戰呂布〉。此外，即使是中美《望廈條約》（一八四四），也不過是寫「和約一經議定，兩國各宜遵守，不得輕有更改」。

2 收入《四庫全書．經部．禮類》。

後記：所謂「十步之內，必有芳草」[1]，二〇一二年四月四日，面書友人在鰂魚涌太吉樓拍攝一高雅告示，用毛筆寫：

奉蟲鼠組口諭
保持地方清潔

《明報》二〇一二年十一月九日

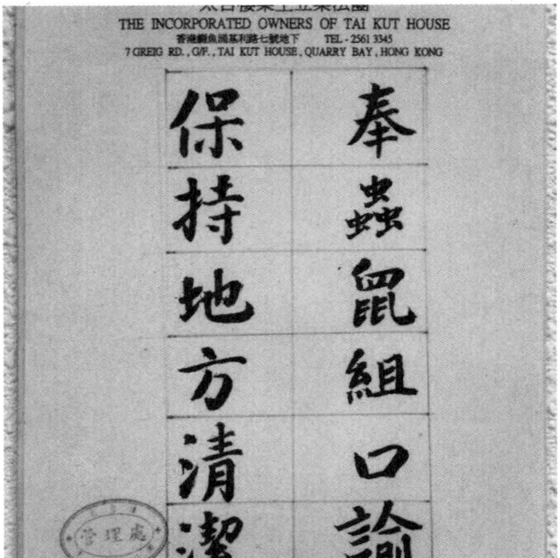

太吉樓告示（鳴謝 Stanley 借出攝影版權），攝於二〇一二年四月四日。

1 語出劉向《説苑・卷十六・談叢》曰：「十步之澤，必有香草。十室之邑，必有忠士。」

優雅中文，韻散並茂

「衣衫不整，恕不招待」。「非請勿進，面斥不雅」。往日香港公共場所留下的告示，現在仍在用。若非當年留下精彩文言，真不知今日要花費多少唇舌。舊日的人可以出口成文、落筆成章，是由於以前學中文，是先學韻文，讀《三字經》、《千字文》，再學古文，有韻文的根底，才寫議論、敘事、抒情之散文。胸有詩詞歌賦，落筆成雙成對，前後呼應，音義貫串，恍如一氣呵成。

且看梁實秋的〈盆景〉一文，看是白話，卻暗藏韻文及文言：

我小時候，看見我父親書桌上添了一個盆景，我非常喜愛。是一盆文竹，栽在一個細高的方形白瓷盆裏，似竹非竹，細葉嫩枝，而不失其挺然高舉之致。凡物小巧則可愛。修篁成林，蔽不見天，固然幽雅宜人，而盆盎之間綠竹猗猗，則亦未嘗不惹人憐。文竹屬百合科，當時在北方尚不多見。

「似竹非竹，細葉嫩枝，而不失其挺然高舉之致」就是來自畫論的文言。「固然」、「未嘗」則是套語。「惹人憐」是宋詞遺音。

現在的學校，用語法教學，單句為主，於是學生將思想感情填塞於一句，逼逼仄仄，讀來意趣索然，也正好顯示香港社會的急躁與荒蕪。此種敗象，即使校長公函，亦不可免。如浸會大學校長為國民教學手冊之辯護函，讀來句句機械，毫無文采。原文如下：

各位同事、同學、校友與浸大友好：

對於近期當代中國研究所參與編製的《中國模式國情專題教學手冊》，引起社會人士廣泛關注和評論，而浸大社群和友好也就此事向我們表達意見，我想藉此機會和大家分享我個人的感想。

在我眼裏，大學是擁抱學術自由、多元開放、包容各種學問的學術群組，老師與學生可以在自由的空氣下專心追求學問、進行學術研究而不受干預，以己所學貢獻社會。這次事件，令我想起已故北京大學校長蔡元培先生，他的治校理念和教育模式，為現代大學的辦學精神豎立了影響深遠的優良典範，亦為學界帶來不少啟發。……

至於學校應否檢討隸屬大學的研究單位／中心在發佈與公眾事務相關的著作和報告時的程序，這是一個很嚴肅的問題，需要大學社群認真考慮與討論來決定。

感謝大家一直對大學的愛護，大學要面對的挑戰很多，但我深信，只要繼續得到大家的支持，浸大一定可以取得更大的成就，在教學和研究上更上一層樓。

校長陳新滋教授

二〇一二年八月二日

同一義理，略作修飾，便見儒雅：

各位校內師生、校友與友好先進：

本校當代中國研究所發表《中國模式國情專題教學手冊》，學園內外，議論紛紛，身為一校之長，無可緘默，發言如下，付諸公論。

大學之立，在乎學術之獨立自主，多元開放，各派學問並存而不相悖。已故北京大學校長蔡元培先生，其治校宗旨，樹立現代大學之楷模，可為此事之參照。……

隸屬大學之研究機構，日後發佈涉及公眾事務之著作，程序如何，茲事體大，須與同仁再作諮議。

大學乃論學之地，各種鞭策批評，同仁虛心領會，俾能於教學研究兩邊，俱可盡善盡美。

校長陳新滋　謹識

二〇一二年八月二日

《明報》二〇一二年十月十九日

附錄：陳新滋校長辯護函全文

各位同事、同學、校友與浸大友好：

對於近期當代中國研究所參與編製的《中國模式國情專題教學手冊》，引起社會人士廣泛關注和評論，而浸大社群和友好也就此事向我們表達意見，我想藉此機會和大家分享我個人的感想。

在我眼裏，大學是擁抱學術自由、多元開放、包容各種學問的學術群組，老師與學生可以在自由的空氣下專心追求學問、進行學術研究而不受干預，以己所學貢獻社會。這次事件，令我想起已故北京大學校長蔡元培先生，他的治校理念和教育模式，為現代大學的辦學精神豎立了影響深遠的優良典範，亦為學界帶來不少啟發。

蔡元培校長的治校方針是「囊括大典，網羅眾家，思想自由，兼容並包」，他不拘一格招聘持不同思想和見解的學者，如李大釗、陳獨秀、魯迅、胡適等「新文化運動」的代表人物，保皇派人士辜鴻銘及思想保守的林紓等。蔡校長認為即使他們各人主張不同，但凡是「言之成理，持之有效」的，都應該讓他們並存，因而開展了人才匯聚、百家爭鳴的良好風氣。在其領導下，北大成為全國重要的學術中心，學者可自由表述見解，互相批評甚至批評校政而無懼因而被解僱。蔡校長倡議「兼容並包」的精神，以接納的態度看待不同的文化、思想和言論，正是學術自由的基礎，我想在大學的多元社群中，其意義尤為重要。

曾有作者以這句話總結法國啟蒙時代哲學家、文學家伏爾泰對言論自由的看法：「我並不同意你的觀點，但是我誓死捍衛你說話的權利。」對於《中國模式國情專題教學手冊》的部份言論，我相信有不少人（包括我自己）都持不同的觀點，但作為一所以捍衛學術自由為原則的大學而言，我們一定要有伏爾泰的胸襟與精神。

對於這次事件引發的討論和各界的關注，我認為正反映了社會上的多元聲音均有表達的自由。我鼓勵大學社群就國民教育這議題發表意見和進行討論，儘管大家有不同的看法，我相信在言論自由的基礎上，這些討論是健康的，亦可啟發大眾對國民教育有更深入的思考。

浸大向來尊重學術自由，我們讓學者有絕對自主權決定其著作和研究的題材與內容，大學不會干預。我深切明白各位對浸大的關愛，深怕學者的言論和觀點有損大學的名聲，然而我希望大家理解，本着捍衛學術自由的重要原則，大學不能基於學者的政治或學術觀點而向學者施壓，同時我們亦要尊重學者有學術自由和發表其觀點的權利。

我留意到坊間有對當代中國研究所的運作不了解的地方，希望在此向大家簡介一下。該研究所是浸大的一個以自負盈虧方式運作的學術研究單位，它的宗旨是促進當代中國的研究，並為政府及其他機構提供政策研究、教育及顧問諮詢等方面的服務。研究所的運作不涉及公帑，也並非以大學的研究資金支持。當然，作為大學的一份子，本校所有學術研究單位都應該為他們的言論負責。

至於學校應否檢討隸屬大學的研究單位／中心在發佈與公眾事務相關的著作和報告時的程序，這是一個很嚴肅的問題，需要大學社群認真考慮與討論來決定。

感謝大家一直對大學的愛護，大學要面對的挑戰很多，但我深信，只要繼續得到大家的支持，浸大一定可以取得更大的成就，在教學和研究上更上一層樓。

校長陳新滋教授

二〇一二年八月二日

韻散結合，始成文章

漢唐人寫樸素古文，內有《五經》骨架，外有漢賦與唐詩肌理，寫來樸實剛直，氣勢磅礴。明清人寫風雅小品，內有宋詞元曲韻致，寫來溫文婉約，餘味無窮。散文乃是結合韻文來寫的，然而現今的語文教學，將文學（韻文與美文）與語文（實用文）割裂兩邊，不能互通款曲，學生畢業之後就少有舊時人的文采。

拿當今的報紙與七八十年代的報紙比較，例如偶然在面書出現的懷舊剪報，裏面的新聞報道，篇章佈局和文筆都比現今的好。原因是往日新聞學院不多，報人泰半由文史學科轉來。當今的新聞界，多數新聞系科班出身，照相拍片樣樣識得，文學素養反而少了。如下面的一則好人好事的報道，就是略輸文采：

佛心小巴司機　請長者搭車
善行網上瘋傳　逾三點三萬人 like
港府早前推出長者及殘疾人士兩元乘車優惠，便自誇如何惠澤市民！小巴司機「老廖」則默默行善，近月開始長者乘搭他駕駛的小巴，更一律免收車資。最近有人將老廖善行在網上流傳，隨即有數以萬計市民讚好。對於每月賺少數千元，老廖滿不在乎說：「最重要係公公、婆婆開心！」（《蘋果日報》，二〇一二年十二月六日）

第一句的感嘆號用得突兀，應是修辭無力，想用感嘆號來補救。更且，第一句的陳述用來襯托後事，不宜一開始就用感嘆號的。「近月開始長者乘搭他駕駛的小巴，更一律免收車資」語意不清，是近月老人開始乘坐他的車，還是近月開始，小巴司機廖先生免費優惠老人乘車？末句的「對於」，有些迂迴，而「滿不在乎說」，語意也有點含混。是「不在乎，於是說」，還是「不在乎去說」呢？改成這樣，流暢易讀，但編輯也許認為這不是現代漢語、科學散文了：

小巴司機大發慈悲　長者搭車免收車資[1]

善行瘋傳網上　三萬餘人説讚

港府早前推出長者及殘疾人士兩元乘車優惠，便誇誇其談，説是惠澤市民。小巴司機「老廖」近月自付成本，優惠長者一律免費搭車，卻是默默行善，毫不聲張。只是最近有人將老廖善行在網上流傳，一下引來數以萬計市民讚好，才令老廖萬人矚目。每月賺少數千元，老廖滿不在乎，他説：「最重要係公公、婆婆開心！」

標題方面，「佛心」是佛教語，外人不知，寫「大發慈悲」，人人識得，「免收車資」同是四字，句式對稱。後句雖然數字不精確，但勝在字數工整。「網上瘋傳」的「傳」是低平聲，用來收結，好過低去聲的「上」，但「瘋傳網上」是口碑在實體人群傳遞之餘，兼及網上虛擬空間，符合實情，故此即使音調不佳，也要堅持。畢竟散文以義理為先，聲韻為次。音義俱合，只是錦上添花而已。

《明報》二〇一二年十二月十四日

1　通俗的話，可寫「車飛」，「飛」是fare的音譯。

寫散文，如作曲填詞

舊友陳昌敏的《晨・香港》詩集後記，道出他的文學啟蒙歷程。七十年代初，他中學剛畢業，到附近一間手袋廠做工，寫了三篇小說，他自知寫小說需要精巧的文字和縝密的情節，他兩者都缺乏，小說寫壞了，以後就沒有再寫。「小說家當不成。一天，入睡前聽隔壁兩夫婦吵架，覺得他或她是天生的表演者，從他們的對罵中，我強烈地感到『自然語言』的節奏，雖然那是極平凡的夜晚，但對我來說卻很有意義，因為它似乎啟示我一點什麼，第二天便執起筆來寫新詩。」[1]

1 陳昌敏，《晨・香港》，香港：新穗出版社，一九八六，頁一〇四。

散文如流水行雲，徐疾有致

從隔壁夫婦吵架感受到語言的節奏，這是我至今讀到的最天真無邪的文學啟蒙記。語詞的平仄聲韻與文句的長短交替，就如音樂的音符高低與旋律接續，優秀的詩人與散文家，都有自己獨特的文字風格，例如梁遇春（一九〇六—一九三二）的〈觀火〉，就是可以誦讀的長短句：「獨自坐在火爐旁邊，靜靜地凝視面前瞬息萬變的火焰，細聽爐裏呼呼的聲音，心中是不專注在任何事物上面的，只是癡癡地望着爐火，說是懷一種惘悵的情緒，固然可以，說是感到了所有的希望全已幻滅，因而反現出恬然自安的心境，亦無不可。」好的散文，要如曲詞，在旋律曲式上填上字詞，對仗的長句，就用對仗的「固然可以」、「亦無不可」來作交替，令篇章變得徐疾有致，讀出傷感來。

畢業學生寫來散文（略改），記敘童年探望外婆家的境況：

荒廢的火車軌下，鋪着一條條長條狀的木頭，木頭與小石子相間結合，顯得整齊有致。有小孩沿着火車的軌道，把兩手與肩膀成水平線，身體有如十字架，一小步一小步前行，十分好玩。婦人拿着大包小包，在小徑緩緩前行。彎彎的小河有如弓弦，春天水面霧氣四起，流水碧綠靜靜流動，可以數算游魚的數目。小河的兩旁是幾畝稻田和菜地，蓋起了一排屋頂呈三角形的鋅鐵皮寮屋。那裏有一些老人和幾條黃狗。那一大片西洋菜田是外婆的耕地。

文句節奏亂，不成篇章

景色寫得生動，但文句節奏混亂，不成篇章。文句節奏不好，好似唱歌荒腔走板。一邊作詞一邊譜曲，隨住文句節奏來寫，在曲譜上填上景物，可以寫出美文：

火車軌是荒廢了的，由一塊塊枯木頭架起，都臥在小石子上，如歷史停了下來。小孩踮足走過窄窄的車軌，伸出兩手平衡，顫巍巍如一個將傾的十字架。火車路旁的小徑，婦人拿着大包小包，緩緩前行。彎彎的小河如擱在地上的弓弦，鬆垮開來沒了力氣。曉風拂起晨霧，飄過稻田與菜地，飄過一排三角形屋頂的鐵皮屋子，消散下來就是外婆的西洋菜田。

文句節奏及詞意，略有李白《菩薩蠻》前兩句之境，惟無離愁別緒：「平林漠漠煙如織，寒山一帶傷心碧。暝色入高樓，有人樓上愁。玉階空佇立，宿鳥歸飛急。何處是歸程，長亭更短亭。」融詩意，入散文，此所謂「讀書破萬卷，下筆如有神」。

諸君如有雅興，可以一邊聽貝多芬第六交響曲《田園》第五樂章[1]，一邊看我修改後的文句，便知節奏暗合。

《明報》二〇一三年三月十五日

1 可在 YouTube 收聽：http://www.youtube.com/watch?v=iT-tSxvB5Mc。

唐詩諺語，寫好文章

有人問，唐詩宋詞這些士大夫文學，王朝過氣情懷，在現世有什麼用？我答，正是由於過時，所以實用。純文學講究新穎、破格，通俗文章，最宜用往昔的詠嘆情懷及修辭格式。

在報紙雜誌寫懷舊飲食、舊街風情，要有一點唐宋詩詞的舊哀嘆，有一些本土保育精神、新派生活的情調，落筆卻不可沉重。年來，我教雜誌專題文章寫作，都用譚偉健這篇訪問做範文。〈夕陽草萋萋　發記號〉，寫香港最後一家鹹水草批發行的作品。此文在《飲食男女》發表（二〇〇八年十一月十四日），網上可以搜尋閱讀。原文作「夕陽草凄凄」，是寫錯了，「凄凄」是寒冷，如「風雨凄凄」（《詩經》）[1]；「萋萋」是野草茂盛的樣子，唐詩用來寄託舊人舊事的離愁別緒，如崔顥《黃鶴樓》：「昔人已乘黃鶴去，此地空餘黃鶴樓。黃鶴一去不復返，白雲千載空悠悠。晴川歷歷漢陽樹，芳草萋萋鸚鵡洲……」白居易《賦得古原草送別》：「又送王孫去，萋萋滿別情。」雖然是通俗文章，標題用了唐詩意境，就生色不少。

開首兩段的文章長短句配合妥當，讀來生動：

在城市發展的過程中，有些東西總是無聲無息被淘汰。像鹹水草，曾幾何時，活躍於人民生活之間，幾乎天天都相見。一按、一繑、一穿、一索，四個步驟，就成一個生結。

任你是瓜菜魚肉、雞蛋豆腐、醬料鹹雜、棉被碗碟，甚至一大疊銀紙，它都有本事紮得結實穩妥。然而，拉着它另一端一扯，實實的結又毫不費勁應聲解開，是一種滿有智慧的民間手藝。

……二十多年間，批發鹹水草的商户，也由最高峰的五十多間，跌至今天只餘一間，靜悄悄的躲在西營盤一條陋巷中，默默經營，迎着鹹水草事業中，最後一抹夕陽。汰舊換新，在節奏急促的城市中，仿佛是個永恆不變的真理，還有人會為一根鹹水草惋惜嗎？夕陽無語、芳草萋萋，靜默中，消逝着一個古老行業，和一種古老民間智慧。

「曾幾何時」是諺語，懷緬舊時，哀嘆歲月不饒人。「一按、一繑、一穿、一索」是用文字節奏來模仿綁紮過程。「任你是瓜菜魚肉、雞蛋豆腐、醬料鹹雜、棉被碗碟，甚至一大疊銀紙，它都有本事紮得結實穩妥。」「任你是」的「任」，是無論的意思，「任你」是舊時的白話。往後的「瓜菜魚肉……」的四字詞列舉，就是用語言格式，將事情羅列出來，之後的六字句、七字句，就令四字詞的緊湊感，得到紓緩。

敗筆在於解結一句，句子連着寫，解不開來：「拉着它另一端一扯，實實的結又毫不費勁應聲解開，是一種滿有智慧的民間手藝」。另外，「一端一拉」連寫，容易

1 淒淒，寒冷。風雨淒淒指風雨交加，淒涼寒冷。《詩經．鄭風．風雨》：「風雨淒淒，雞鳴喈喈。」

連讀，因為落入「一人一份」、「一家一戶」之類的套語格式。內容方面，民間手藝是沒有什麼智慧的，文章過甚其詞，要修改的。

我潤飾如下，並且玩弄一下諺語新編，改動「解鈴還須繫鈴人」，各位看看如何：

然而，拉着繩結的另一端，輕輕一扯，實實的結，應聲而解，你綁得緊，我解得易，解鈴不須繫鈴人，鹹水草真是便利街坊的民間手藝。

文章結尾，是哀嘆鹹水草在街市式微，只有幾個買菜婆子和海鮮檔口仍堅持用：

今天，他繼續為生活奮戰，但生意非常難做。一年之中，除了端午節和九、十月大閘蟹季節這兩個旺季外，其餘的都是淡季。全港大部分街市攤販都轉用了膠袋，鹹水草，就只剩下小部分上了年紀的小販使用。

「個世界變咗啦嘛！乜都要快要方便啦嘛！好多人根本連紮都唔識紮，叫佢哋點用呢？冇得返轉頭㗎嘞！」他說罷，不哼一聲就把重達八十公斤的鹹水草托上膊，交予外頭來取貨的工人。

那沉甸甸的鹹水草，將會駛向一個怎麼樣的地方？車子轟隆一聲開出，留下一團沒有答案的黑煙。

結尾沉重，頗為掃興，而且貨車的黑煙也不合比喻。略有辭采者，都可以寫出如下結尾：

那沉甸甸的鹹水草上了車，將會駛向一個怎麼樣的地方？孤寂的鹹水草，最終仍有幾多處歸宿？

或是：

……孤寂的鹹水草，最終仍有幾多個疼惜它的地方？

若識得杜牧《山行》一詩，便可枯樹逢春，寫出新意。杜牧詩如下：

遠上寒山石徑斜，
白雲生處有人家。
停車坐愛楓林晚，
霜葉紅於二月花。

以杜牧詩意改寫，文章結尾如下：

沉甸甸的鹹水草上了車，將會駛向何處？孤寂的鹹水草，最終落在蒸籠內的粽子身上，那一片水氣氤氳的地方。

《明報》二〇一三年五月十日

曾蔭權尾大不掉

語文乃邦國之大事，不容苟且，告示不容文辭錯漏，官長不可讀錯字。然則語文有天資之限，勉強不來，某些有語言障礙的首長，如美國前總統小布殊，幕僚必須避重就輕，用淺白語言草擬演講詞，以免首長出醜，辱沒邦國。

二〇〇八年十月十六日施政報告中，曾蔭權多次將「冗長」誤讀成「康長」[1]，在場五十九位立法會議員愕然，無人提出指正，惟獨梁國雄（長毛）出聲糾正，卻被主席曾鈺成中止發言。「冗」，粵音為「擁」（$jung^2$），曾蔭權也許看錯了是「亢」

1 錄音：http://www.youtube.com/watch?v=V-NbS-FN4GY。

（音抗，kong^{3}），卻誤讀為康（hong^{1}）。這種亂打亂撞，如坐滑梯般的誤認誤讀，老曾可謂十分到家。老曾的幕僚如果醒目，將「冗長」改為漫長、費時失事、曠日持久等詞，便可以遮掩過去。我看是幕僚的詞彙，也如港共一樣，黔驢技窮，變化有限。

無獨有偶，二〇一一年十月十二日施政報告中，曾蔭權讀到第一百九十三段：「公共福利開支擴張，容易受市民歡迎，但同時要慎防一旦過度膨脹，會變成尾大不掉。」當中「尾大不掉」，卻誤讀成「尾大不騾」[1]，遭網民恥笑。

成語尾大不掉，語出《左傳・昭公十一年》：「所謂末大必折，尾大不掉，君所知也。」樹的枝條太粗就會折斷；獸類的尾巴太大就很難擺動。講的是鱷魚、蜥蜴、松鼠之類的野獸，尾大，難以搖動。掉，粵音讀調換的調（diu^{6}），俗讀（deu^{6}），俗語「掉垃圾」，俗讀就是deu^{6}，接近唐朝的音dhèu。成語用文讀，尾大不掉當然是讀調（diu^{6}）的音。

掉有時也讀驟（zaau^{6}），屬於異讀，船家棹艇的棹，用作動詞，俗寫為「掉」，故讀顯音。《唐韻》另有女角切之音；《集韻》、《韻會》有尼角切之音。《集韻》又有女教切之音，讀如閙，是陶器聲音震動之意。《左傳》的典故並非划艇，亦非陶器震動，而是獸類擺尾，是故不宜異讀為顯。

尾大不掉是比喻外邊的諸侯國、封邑或從屬部門過大，中央難以駕馭。施政報告說的「公共福利開支擴張，容易受市民歡迎，但同時要慎防一旦過度膨脹，會變成尾大不掉」，句子的主詞一直是「公共福利開支」，中途並無轉為福利部門，應該用的成語不是「尾大不掉」，而是積習難返、泥足深陷、無以為繼之類。

尾大不掉，不論讀對讀錯，文本草擬已是用詞不當，神仙難救。堂堂施政報告，用詞如此粗陋，港共可謂斯文掃地矣。

二〇一一年十二月二十日

1　錄音：http://www.youtube.com/watch?v=e_l_6eNmaVc。

成語往還，熊鷹酬唱

所謂「不學《詩》，無以言」，先秦雖然有通行中原的雅言，但各地語音殊異，文人見面，為了通解對方的語音，大家背誦一段《詩經》或講出寒暄的客套話，如「久仰大名，如雷貫耳」、「有失遠迎、恕罪恕罪」之類，對方能猜到大意，就慢慢可以辨別語音。如今碰到偏僻鄉下的人，語音不同，叫對方背誦一首唐詩，「床前明月光……」，不久之後就能互相傳話。

有些成語不能望文生義

成語有助中文的辨義，然而由於成語、套語大部分形成於唐宋甚至更古老的先秦兩漢，其成分語詞（構成詞語的單字）的意思與今日的中文不同，有些是不能望文生義的。例如延醫治理，是聘請醫生治療的意思，並非延遲醫治而失救。延是拉長的意思，延長、延展、延壽、延遲、順延是延的本義，也可以引申為引進、引入、引導，於是就有延攬（招攬人才）、延聘、延納、延請、延醫等詞組。兩者都是古義，前者的本義我們仍在用，後者的引申義就只在固定詞組傳承下來。

又例如不速之客，並非人客姍姍來遲，而是不請自來、令人尷尬。那個速字，本義是急、快，引申義是邀請、招致，不速之客用的卻是引申義，真是始料不及啊。

「酬」：形式上報答　心意其次

二〇一三年一月底，劉夢熊孤身犯險，控訴梁振英不能兌現競選特首時的「政治酬庸」，熊鷹反目[1]，翻江倒海。一般人就只能從語境猜測，酬庸就是報酬、酬謝、

1 梁振英作風剛硬，民間戲謔為鷹派特首。

報償功勞的意思。酬是古人飲酒應對，你敬酒，我飲一杯，我回敬，你又飲一杯，禮尚往來，引申為形式上的報答行為，所謂應酬。酬與報不同，酬是形式上的，報是包括心意上的。庸是功勞的意思，如《國語・晉語》：「無功庸者，不敢居高位。」（沒有功勞的，不敢霸佔高位。）酬庸就是酬謝功勞，有來有往，用了個「酬」字，是世俗的報恩，並非道德上的報答。

成語有精細意思，好容易用錯，例如我可以說劉夢熊是孤身犯險、反戈一擊、回馬一槍、直搗黃龍、犁庭掃穴，卻不能說他是挺身而出、奮不顧身、仗義執言、犯顏苦諫、獨排眾議、直斥其非、以一人敵一國、冒天下之大不韙，因為劉與梁之間的是私怨，並非公義。劉夢熊衝撞梁振英，也可以說批逆鱗、捋虎鬚，即是夠膽用手擊打龍（比喻皇帝）喉下倒生的鱗片，夠膽摸老虎的鬍鬚，不怕神龍或老虎發惡咬人。

設想梁振英當初請求劉夢熊幫忙，說的應該是：「這件事拜託你做，千萬不要推卻，務請鼎力相助，將來重重有賞。」劉的答話，就應該是：「難得梁兄吩咐，我卻之不恭，一定全力以赴，萬死不辭。這是兄弟之義，不必言謝。」兩者不能調轉，否則就是用詞不當，貽笑大方。

《明報》二〇一三年二月八日

港人喜用成語

二〇一〇年以來，我不再理會大陸的政局，如非必要，不予置評。這次破例一談，除了捍衛名教，也是關乎語文應用，取一例證，說明香港人喜用成語，而大陸則由於政治環境及普通話之語音限制[1]，一般人少講成語，大陸報刊也少用，以致往往一用就錯。

二〇一一年四月三日，中國藝術家艾未未被當局扣押之後，官方《人民日報》旗下的暢銷報紙《環球時報》於四月六日發社論，題為「法律不會為特立獨行者彎曲」，指出艾是特立獨行的行為藝術家，喜歡在法律的邊緣活動，不斷衝撞中國法律的「紅線」，艾要為此付出代價。摘錄社論兩段如下，評其語文：

艾未未是近年來十分活躍的「行為藝術家」，也常被稱「前衛藝術家」，是中國社會的特立獨行者。他反藝術傳統，喜歡出「驚人之語」和「驚人之舉」，也喜歡在「法律的邊緣」活動，做一些普通人搞不太清楚「算不算法律上出格」的事。四月一日他出境取道香港去台灣，有報道稱他「手續不全」，具體情況不詳。

十三億中國人中，有幾個艾未未這樣的桀驁不馴者，是再正常不過的事。藝術可以強調無數例外，法律卻強調對例外行為的限制和管束。沒有艾未未這樣的人，或法律不給他們的「突破」設立邊界，這樣的中國都是不真實，也不可能存在的。

《環球時報》社論內文評艾未未為「桀驁不馴」，在當權者眼中，是合適的成語；然而稱艾「特立獨行」，衝擊法律，始終要受到制裁云云，則以褒義之詞，作貶義之用矣。特立獨行，古來形容士人志行高潔，和而不同，群而不黨，言行舉止不入俗流也。

1 普通話屬於明清之北方官話，明朝是南京官話，清朝是北京官話，其語音大抵可上溯於宋、元，然而成語頗多形成於先秦、漢、唐，故用北音讀之，不覺鏗鏘順耳。詳見此文後部。

寬容甚至讚賞異議，是中華聖賢德行。儒家一向讚賞孤忠耿介之士，即使犬儒狂狷之人，只要擇善固執，也是值得歌頌。孔子曰：「道不行，乘桴浮於海」。孟子有言，「窮則獨善其身，達則兼善天下」。孔子周遊列國，宣揚仁政，到了楚國，狂人接輿在其門唱《鳳兮歌》，諷喻孔子不識時務，在衰世應該歸隱而不應四處奔走。孔子出門欲見，狂人卻拒絕交談。孔子在另一個場合，在弟子面前讚譽這些異議之士：「不得中行而與之，必也狂狷乎！狂者進取，狷者有所不為也。」找不到奉行中庸之道的人與之交往，只能與狂者、狷者相交往了。狂者敢作敢為，狷者則絕不會做某些事（指不義之事）。

特立獨行一語，也是出自孔子，指那些不論世道治亂，都能潔身自愛，保守德行之人。《禮記‧儒行》曰：「世治不輕，世亂不沮，同弗與，異弗非也，其特立獨行，有如此者。」儒家服膺周朝的禮樂文明，然而伯夷、叔齊兩位商紂王階下的遺臣，卻千方百計羞辱周朝，在西伯侯（後來的周武王）起兵攻打紂王的時候，他們譴責西伯侯是以暴易暴。西伯侯攻克商紂，登位為天子之後，兩人不服膺聖王統治，寧願歸隱到首陽山，採野菜而食，也不食周朝的俸祿，所謂「恥食周粟」。《孟子》歌頌兩人是「聖之清者」。韓愈《伯夷頌》有云：「士之特立獨行，適於義而已。不顧人之是非，皆豪傑之士，信道篤而自知明者也。」

用粵語讀「特立獨行」，特（dak^{6}）與獨（duk^{6}）都是孤絕的入聲，聽得出是特立獨行的。成語是與中國傳統故事和舊時漢音相接的。直至二十世紀八十年代，香港的學校教育和流行文化廣泛使用成語，小學會考（升中試）要考成語，戲曲、電影、電視也多用傳統故事，對白有典故和成語。成語是由四個漢字組成一個典故，因此很少同義複詞，必須字字的意義獨立，而且個個發音清楚，四字音韻舒暢，才可以組成理路清晰及琅琅上口的成語。例如完璧歸趙、合浦珠還之類，就個個字都是獨立有義的，斷不會浪費文字，「完整」、「歸還」之類的同義複詞，是不會收入成語的。成語的上下對仗是有的，例如灰飛煙滅、水深火熱、驚濤駭浪、天崩地裂之類，但都是單字組合，少有複詞組合（「天地崩裂」就不是成語）。故此成語多數是在漢字的讀音和辨義系統仍是豐富精確的年代創造。一旦漢語系統簡化了，弄得同音字太多，例如到了漢音脫落的清朝，獨創的成語便少了（多數是原有成語的變形）。由於成語多數形成於秦漢、唐宋之際，四個字是配合當時的語音而編排的，後世的字音改變了

（例如混雜滿洲音的北方官話），讀起來便顯得不順。

粵語由於傳承漢音，故仍可與古成語對應，香港人講成語依然語調鏗鏘，例如用粵語讀：未雨綢繆（《詩經》）、有備無患（《左傳》）、擇善固執（《禮記‧中庸》）、完璧歸趙（《史記》）、曲突徙薪（《漢書》）與防患未然（《易》和《樂府》）之類，琅琅上口，用普通話讀，則詰屈聱牙。看官，試用粵語先讀成於宋朝的「防患未然」（fong^4 waan^6 mei^6 jin^4），再用普通話讀一次（fáng huàn wèi rán），便知道舌頭全不好受，寧可說「在災害發生之前加以防備」了。至於成於漢朝的「擇善固執」，粵語誦讀如流，普通話則有口難言——「擇」（zé）與「則」（zé）同音，「固執」（gù zhí）與「孤寂」（gū jì）之類音近也。這些成語自口中流失了，歷史與品德也隨之消逝。

二〇一一年四月二十六日

寫文章，如種樹

講到近代語文程度的淪落，不能不歸咎於學校教育的改變。現代的平民學校比起古代的私塾教育，少了的是文化的教養和才性的關懷，老師應付一大群孩子，不能因材施教，只好採取機械性質的語文操練。這是從個別教授（tutoring）到集體傳授（schooling）的變化。集體傳授只能定數量，不能論品質，故此學校好多語法操練，把人性與文思都磨壞了。

近來碰到一段文字，是香港電台《薇微語》節目（二〇〇九）訪問作家倪匡的[1]，節目的簡介如下：

1 九月二十九日亞洲電視播出，可於網上收看：http://podcast.rthk.hk/podcast/item_epi.php?pid=217&lang=zh-CN&id=7049。

倪匡，少年嚮往共產黨平等、均富的理想，隻身由上海北上內蒙古參加解放軍，但失望地發覺軍中生活階級觀念森嚴、特權處處。自己又因在零下四十度，被迫拆掉小木橋生火取暖而面臨被指控破壞交通，可能面對判刑十年之災；他走投無路下南逃他鄉，歷盡有家歸不得之苦，最後輾轉流落香港。抵港當年他高興地躺在維多利亞公園草地上，深深呼吸着自由空氣，從此樂得做一個無災無難的自由人。……

這段文字介紹，敗筆在於兩個副詞：「失望地」與「高興地」。憧憬平等世界，發現階級森嚴，自然是失望的。事情已經實在地講了，何須加上概括的副詞「失望地」？逃亡來了香港這塊自由之地，躺在公園草地上，百感交集，喜悅、鬆弛、驚魂甫定，豈可用「高興地」來限定之？一個副詞是概括性的（conclusive），消弭了後面的實在情節；一個副詞是限定性的，消解了後面情節的複雜感覺。這些機械地插入的副詞，都是無謂的虛詞，是小學語文操練的敗績。此外，「面臨」、「面對」這些弱動詞用得重複冗贅。「指控」等香港法治用語，也不適合共黨之用。

寫文章如種果樹，固其本、強其幹、弱其枝，才有花果收成。文章的本根是體察事理與欣賞萬物的心；樹幹是名詞和動詞，這些是實詞；枝葉是形容詞、副詞、連接詞這些虛詞。

這段文字的故事情節豐富，根底很厚，削去多餘的虛詞枝葉，上下調整一下，便是玉樹臨風，很可觀了：

倪匡，少年嚮往共產黨主張的平等與均富。他滿懷理想，隻身由上海北上內蒙古，參加解放軍，但發現軍中生活階級森嚴、特權處處，失望之餘，又因在零下四十度的苦寒天氣，無奈要拆下小木橋生火取暖，要背負破壞交通的大罪名，面臨十年牢獄的大災難。他走投無路，南逃他鄉，歷盡無家可歸之痛，輾轉流落香港。抵港當年，倪匡躺在維多利亞公園草地上，深深呼吸着此地自由的空氣，從此樂在異鄉，做一個無災無難的自由人。……

《明報》二〇一二年十月二十六日

高級食府，優雅中文

中國乃禮義之邦，公文用語嚴謹，除了敘事簡明之外，也要謙恭溫厚，令人讀來如沐春風。公文講求進退應對，友好誇讚，回禮該用「過獎」、「過譽」還是「不敢當」，鳴謝關照，該用「錯愛」、「厚愛」還是「照拂」，這些都有微細差別。

日前報章有一離職通知，出自廚子手筆。白話行文，夾雜文言，可惜文章冗贅，用詞不當，令人不忍卒讀。飲膳乃優雅之事，舊日飯店掌櫃，都能寫得一手工筆小楷，草擬文書對聯，廚子近朱者赤，也粗通文墨，斷不會寫出如下之「學校文章」：

離職通知

本人自十四歲跟隨先父徐福全先生在福臨門學廚藝，當先父在一九六八年金盆洗手後便繼承先父傳授的高級粵菜廚藝精髓，秉承先父以客為先，以最好的食材奉客的精神，數十年來承蒙無數食家的錯愛和肯定，並成功推廣高級粵菜，為中華飲食業先後在香港、內地和海外開創一番局面。回顧過去，展望將來，在此謹通知各界人仕，本人已離開打理了五十年的香港福臨門店，並將離開九龍福臨門店。新的一年往往帶來轉變，但唯一不變的，便是本人對先父傳授的廚藝精神的堅持，日後將繼續在其他本人經營的酒家用心為所有支持本人的新知舊雨提供高級粵菜飲食服務，實行以食會友。祝各位在新的一年及以後都身體健康，生活愉快。

徐維均（七哥）啟
（店名及地址、電話）
二〇一三年一月三日

我稱此通告為學校文章，是由於此文官僚客套，而且有五四時代以來的文藝肉麻之風。內容方面，應先講離職之事，再交代家學淵源，不可本末倒置。禮儀方面，先父提一次就夠，毋須事事抬出，「錯愛」雖是謙辭，不若「厚愛」老實。「最好的」、「高級」這些詞，卻是自吹自擂，不符前文之謙虛。「金盆洗手」是幫會勾當或偏門生意之用語，宜避忌。富貴三代，始有食家，食家不常見，豈可以「無數」稱之？「對……的堅持」、「繼續提供服務」並非白話中文，而是官僚中文，顯得冷漠而機械。新年祝福就是祝福新年，毋須另加「以後」。貪多務得。

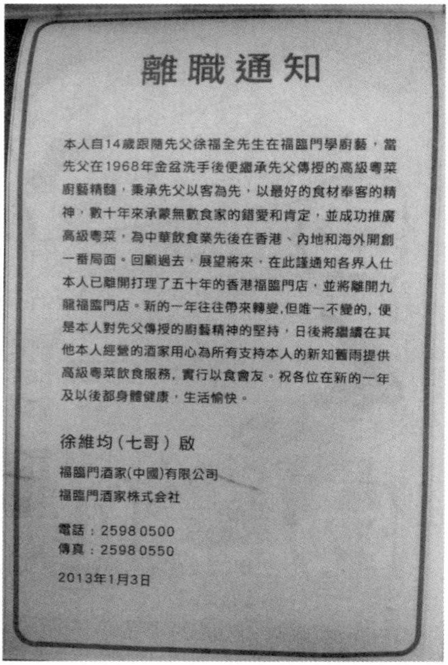
離職通知

本人自14歲跟隨先父徐福全先生在福臨門學廚藝，當先父在1968年金盆洗手後便繼承先父傳授的高級粵菜廚藝精髓，秉承先父以客為先，以最好的食材奉客的精神，數十年來承蒙無數食家的錯愛和肯定，並成功推廣高級粵菜，為中華飲食業先後在香港、內地和海外開創一番局面。回顧過去，展望將來，在此謹通知各界人仕本人已離開打理了五十年的香港福臨門店，並將離開九龍福臨門店。新的一年往往帶來轉變，但唯一不變的，便是本人對先父傳授的廚藝精神的堅持，日後將繼續在其他本人經營的酒家用心為所有支持本人的新知舊雨提供高級粵菜飲食服務，實行以食會友。祝各位在新的一年及以後都身體健康，生活愉快。

徐維均（七哥）啟

福臨門酒家(中國)有限公司
福臨門酒家株式会社

電話：2598 0500
傳真：2598 0550

2013年1月3日

離職通知

通告修改如下，庶幾與高級食府相配：

離職通知

鄙人已離開香港福臨門店，並將離開九龍店，特此周知。鄙人十四歲追隨先父福全先生學廚，先父於一九六八年退休之後，得以克紹箕裘，繼承家業，以高級粵菜待客，並於海內外推廣中華飲膳。

鄙人於福臨門掌廚五十年，新知舊雨，厚愛有加，遽然離開，自是依依不捨，惟幸鄙人仍經營其他酒家，標舉高級粵菜，如蒙不棄，可移玉光臨，定當竭誠款待，以佳餚美饌酬謝友好。新年伊始，恭祝各位飲和食德，福壽康寧。

徐維均（七哥）拜上

（店名及地址、電話）

二〇一三年一月三日

《明報》二〇一三年一月十八日

我司你司，敝司貴司

香港一貫秉承華夏傳統，公共文書都用正體漢字，簡體字乃中共用強權推行的一套漢字簡化方案，不合造字原理，擾亂語言哲學，也製造交流混亂，大陸積習難返，正體漢字無從恢復，然而香港保存漢字正體，不可污染，斷絕漢字之血脈。近來香港頗多公共告示使用簡體字，有礙觀瞻，市民投訴之後，廣告更換，雖曰從善如流，也是徒添煩擾。

九月初，各區紛紛掛上慶祝國慶之燈牌。北區大會堂驚現簡體字版，網民投訴之後，民政處馬上更換。九月十四日，網民發現中環有商業大廈掛出簡體字「慶祝國慶十・一」告示。該大廈名為 100 QRC，即皇后大道中一〇〇號，於是發動集體電郵投訴，業主尖東廣場有限公司即日發聲明，說已安排將字體改回正體。[1]

然而，該公司之回函冗長，有文過飾非之嫌，而且用了「我司」，行文逼近大陸之粗俗風格，一眾網民，為之納悶：

嚴正聲明

敬啟者，

多謝　閣下就100 QRC國慶裝飾提出你們個人的觀點、立場及意見。現已安排負責的廣告設計公司把字體改為「繁體字」。

我司政治中立，中港兩地交流應以互相尊重及互相包容的態度共存共榮，向前邁進，互利互贏，以中國香港七百萬廣大人民及十三億的中國人民之福祉為依歸。

Miss. D Chan

註：煩請將此電郵轉發予　閣下群組電郵

1 〈隔牆有耳：光復中環　100 QRC撤回殘體字〉，《蘋果日報》，二〇一二年九月十四日。

投訴信提出的是意見，意見根據的是觀點和立場，回信將「觀點、立場及意見」並列，顯然不知各詞所屬的範疇。提出意見是要以行動回應的，純粹提出觀點或立場，聽聽就可以。即使是集體來郵，對方一人來信，回答也毋須諷刺，說是「你們個人的」。繁體字是大陸對正體字的稱呼，通行也久，並非新事，毋須加以引號。至於第二段的自我辯解，並非一家物業管理公司應有的政治承擔。一家香港公司向香港人回信，並非國際場合，毋須講明「中國香港」，好像時刻恐懼香港獨立似的。

自稱「我司」，屬於大陸部門和公司用的自稱，香港稱「本公司」。當然，「敝司」、「敝公司」恭敬一些。用「我司」的問題，是不能稱人家為「你司」，必須尊稱對方為「貴司」。變了前倨後恭，進退失據了。

言多必失，講多錯多，回應投訴之公文，必須簡約其辭，如不想坦承錯誤，大可含糊其辭，態度恭敬可矣：

敬啟者：

感謝　閣下來函。投訴100 QRC國慶使用簡體字告示之事，本公司經考慮後，認為中港兩地互相尊重，和衷共濟，至為重要，為免生爭端，已囑咐廣告公司改用正體。

特此通知，祈為諒察，並請轉告　貴群組。

陳XX敬上

尖東廣場有限公司公共關係部

《明報》二〇一二年十月五日

曖昧集團，愈描愈黑

教育局委託浸會大學編寫的《中國模式國情專題教學手冊》，原擬向全港中小學派發作教學參考，裏面的標題說「進步、無私與團結的執政集團」（第十頁）[1]，行文曖昧，令人納悶。標題之下的內文是，「經過多年的變遷與蛻變，民主集中制實現了一個擁有高度同質性和相對團結的統治集團，與西方民主國家的政黨輪替方式不同，中國執政集團以服務國家、服務人民為主，管治理念和方向相近，確保了政權延續性和社會穩定。」[2]

最古怪的，不是進步[3]、無私與團結這些讚詞，而是「執政集團」。中國共產黨不是一般的政黨，它採用的是黨、政、軍三合一的獨裁體制。執政六十多年了，不能再說它是革命黨了。中共淩駕憲法，黨領導政治及軍隊，黨政軍三合一，它又不是根據憲法的執政黨，它行的是民主集中制，不許三權分立、民主選舉與多黨輪替。

「集團」這個詞，在中文帶有企業謀利或罪惡的意思，例如地產集團、跨國集團或犯罪集團。平義詞是團體和機構，但團體或機構的位階，又不足以描述中共至高無上的、龐大無比的統治地位。故此，儘管集團一詞略有貶義，也要照用。

至於內文說的民主集中制，也是語義曖昧不清。高度同質性是什麼意思？說的是黨員個個效忠，千人一面嗎？但黨內是階級分明、論資排輩的，如何高度同質？如果人人一樣，沒有一個領導，又如何管理呢？故此，接着的團結，只能是「相對團結」，不是絕對團結或團結。相對團結，就容許黨內有派，山頭林立，論資排輩，

1 〈國民教育教材被轟洗腦　公帑資助　稱執政集團「進步無私」〉，《明報》，二〇一二年七月六日。

2 「詞彙解釋」一欄，說「民主集中制，是由蘇聯列寧最早提出並實行的一種國家機構制度，是指國家機構不採納權力互相制約辦法」。

3 政治尋求不斷進步，並非儒家義理。儒家義理是止於至善。

這樣才可以選出領袖和分配利益。[1]內文的「相對團結」一詞很重要，但卻沒有在標題寫上，沒寫「進步、無私與相對團結的執政集團」。至於寫「中國執政集團以服務國家、服務人民為主」也夠曖昧的，因為我們不知道它「為主」之後的其他功能是什麼。

解說性質的文章，必須清晰，這段文字可以這樣寫：

中國政治採用民主集中制，政府由黨員內部推舉而成的精英執政集團組成，不採取民主選舉的政黨輪替制度。故此中國的政治穩定、政策貫徹。

《明報》二〇一二年九月二十八日

1 也許是不大好意思這樣點明真相。

施政報告，中英俱劣

二〇一三年一月十六日，梁振英宣讀《施政報告》，善政全無，語文更見拙劣。英文譯本猶如Google的機械翻譯，單是題目英譯，就令識者見笑。中文本的題目是「穩中求變，務實為民」，譯為英文，竟是「Seek Change. Maintain Stability. Serve the People with Pragmatism」。變動必然搖撼社會，帶來不穩，「穩中求變」是中文的弔詭修辭，即是政策變動不致於影響基本穩定而已。換了英文，是steady change之類。至於pragmatism，是哲學上的實用主義，並非務實（practical）。政府當然是務實的，故此是多此一舉。Serve the people是政府的常道，難道是serve the officials（為官服務）不成？

〈引言〉三段，也是慘不忍睹：

願景

一、香港人勤奮、拼搏、認真，有創業、敬業和法治精神。香港公務員優秀、高效、廉潔；香港司法獨立，治安良好。香港有先進的交通運輸和通訊建設，也有廣泛而緊密的海內外人脈關係。這些都是香港極為優秀的條件。

二、我們的客觀環境也極其優越。國家一直大力支持香港發展；亞太地區相比歐美，經濟一枝獨秀；中國內地高速增長，改革開放繼續帶來新機遇。

三、只要掌握這些條件和機遇，香港可以更上層樓。只要我們銳意發展，減少爭拗，爭取效益，香港的經濟可以持續增長。只要政府適度有為，制定產業政策，各階層的市民就可以各展所長，青年人學有所成並學以致用。只要經濟持續增長，我們就可以大力解決房屋、貧窮、老年社會和環境等問題。

第一段寫的是香港基本事實，類似統計處的《香港概覽》，移作《施政報告》，未免笑話。枚舉的項目要成一範疇，「勤奮」、「拼搏」成一類，「認真」就孤立出來（所謂oddity）。「創業」是能力，不是精神。「法治」是制度，守法才是精神。公務員質素方面，「優秀」是涵蓋「高效」和「廉潔」的，故此不能並舉。「人脈關係」是隱秘的，一般用於商界或民間社會，此詞有江湖氣，不能登大雅之堂，不宜用於《施政報告》。由於講的是整個香港，涵蓋政府和民間，寫「關係」就可以了。「極為優秀」是用「極為」來削弱「優秀」的意思，而且「優秀」用了兩次，乃修辭之大忌，寫「優厚」就好。整段文句，五勞七傷，無可救藥。

第二段，環境當然是客觀的，難道有主觀的？

第三段，「適度有為」是語意無法釐清的詭詞，究竟是量力而為，還是點到即止？香港的經濟一向是持續增長的，但房屋、貧窮等問題卻日趨惡化。故此第三段最後一句，是罔顧事實。

這樣的垃圾，是沒得改的。如要改寫，就要去蕪存菁，而且實事求是，化作一段：

香港城市先進，人民勤奮，公職人員廉潔奉公。此地司法獨立，治安平靜，商業服務齊備，對外聯繫緊密，特區政府正好把握中國的高速經濟發展及亞太地區的穩定發展，制定產業政策，惠及各階層市民，特別是令到青年學有所用。至於房屋、貧窮、老年社會及環境污染等問題，則需全民協力解決。

《明報》二〇一三年一月二十五日

「家是香港」，語無倫次

我家在香港？香港是我家？家是香港？港府四月二十三日開展「家是香港」運動，要為香港注入正能量，「增加自豪和歸屬感」。首輪活動是四月二十六日起一連三日「全城清潔日」，問責官員會落區清潔。

「家是香港」，從「香港是我家」而來，先調換語序，寫為「我家是香港」，再省去「我」字，變成「家是香港」。這是荒謬的。中文的詞序是不能隨便調換的，古漢文的倒裝，也有成規，一般是套語（例如「非你莫屬」、「莫奈我何」），不可亂來。隨便可以調換詞序而不影響語義的，是歐洲的拉丁文，因為拉丁文屬於屈折語的語言系統，用格式語法（case grammar）來固定詞與詞之間的關係，調換了詞序也無損語義。例如拉丁文 *femina togam texuit*（the woman wove a toga，婦人織長袍），一般的語序是主詞—受詞—動詞。然而，為了突出主題或配合詩律，可以寫為 *texuit togam femina* 或 *togam texuit femina*。詞尾的屈折變化（declination）「-a」、「-am」及「-uit」，已界定了語法關係，詞序是可以調動的。然而，中文的婦人織長袍，卻不能寫為「長袍織婦人」，但詩歌為了押韻或突出主旨，可以寫為「長袍婦人織」。

中國在抗日的時候，顛沛流離，但中文未嘗顛倒，一九三六年作曲的《松花江上》，如此寫流亡者：「我的家在東北松花江上，／那裏有森林煤礦，／還有那滿山遍野的大豆高粱。」港府故意把中文搞到一塌糊塗，是方便在政治上胡作非為。因為如果市民連胡言亂語、語意不清的宣傳文句也忍受得了，就不會拿政府的話當真，要政府兑現承諾了。「家在香港」是客觀描述，合乎現實，很多港人都是寄寓香港，不以香港為終老之地的。然而政府也知道此口號樸實無華，不能搞什麼花樣。

政府命名是次公民運動為「家是香港」，與梁振英未當特首前出版的一本書同名（明報出版社，二〇〇七）。書序如下：

過去我們說「家在香港」，指的是一家幾口住在香港，沒有說明七百萬人之間的社會關係，這種觀念已經不合時宜。香港既已回歸，香港人萍水相逢的關係、天涯漂泊的人生應該到此為止。七百萬人是一家，家就是香港。

書序之言，半通不通。社會關係是什麼？是彼此形成族群，彼此視對方為同胞，命運一體？為何九七年的主權移交，就可以使此舊觀念變得不合時宜，香港人忽然要有命運一體的意識呢？[1] 命運一體的情感，就是：香港是我家。香港這個主詞，是無法隱去的。如果夠膽面對現實，書序可以如此寫：

過去我們說「家在香港」，指的是我的一家住在香港，客寄浮城，訴諸個人選擇，沒有說明七百萬人的感情歸屬。香港既已回歸，港人應該顯示主體意識，以香港為家。香港是我家，我們的家就在香港。

《明報》二〇一三年五月三日

1 二〇一三年四月二十三日，梁振英發表網文：http://www.news.gov.hk/tc/record/html/2013/04/20130423_190853.shtml。

藝術評論，該如何寫

賈選凝抨擊港產片《低俗喜劇》低俗，獲得藝術發展局藝評獎冠軍，得獎消息和參選文章於二月二十五日公佈，一時輿論譁然。文章以道德譴責為主，論說欠缺論證，並無列舉電影作品的情節佈局、結構、選角、演技、攝影等內在藝術元素，只是圍繞影片的社會影響而抒發個人意見，屬於一般外行人的評論（laymen's review），而不是藝術評論（art criticism）。當然，《低俗喜劇》自我嘲笑港產片低俗，挖苦香港電影界不惜低俗以屈辱求存之事，有人寫文章來努力貶斥它低俗、賤格，是沒有品味判斷力的事。

評論與意見的寫法是不同的。意見可以從道德判斷及品味喜好而來，但評論必須要有個論證的過程，即使是道德和品味的判斷，評論性質的文章要給予論據，最好是作品內在的論據，而不是外部的影響。這是現代評論的常識。

評論要論證，有根又有據

賈小姐的文章可以在藝發局的網頁閱讀。下面選一段文字，說明評論文章的論證與行文：

> 低俗得義無反顧的《低俗喜劇》——它連英文名也要叫"*Vulgaria*"——卻連「彭浩翔電影」一貫為觀眾提供的敘事樂趣也付欠奉，它甚至不是個有結構的故事。即使忠實粉絲，也難以講明除了串聯起一個個黃色段子，該片意義何在，於是他們說，至少還有本土創作者願打造一部「只」取悅本土觀眾、「只」瞄準本土市場的電影。

這裏要證明《低俗喜劇》的故事如何疏漏、欠缺連貫，其黃色段子在哪個情節出現而毫無必要。英文 Vulgaria 是新創詞（按：Vulgaria 原本是一九六八年歐洲兒童故事片的幻想國），低俗之國度，卻是頗雅的。至於本地電影說只是取悅本土觀眾和本土市場，可以說它的視野不夠闊大，卻不能說它是錯。行文可以略改如下：

《低俗喜劇》集香港電影界低俗事物於一身，恍如低俗的嘉年華，故英文名叫*Vulgaria*——低俗事物之國度。可惜，故事情節並不連貫，用了片段拼湊的方法，不連貫的地方，用斷片（主角失憶）來開脫。故事大綱，是監製（杜汶澤飾演）在大學做嘉賓講解電影求生之道，回溯（flashback）到廣西向地痞財主乞求資助開拍，然後回到現實，監製家裏鬧離婚、老婆是女律師，刻劃中產墮落的悲苦。監製的手下為了謀生，片場變成亂七八糟的麻雀館、辦公室淪為嚫模沙龍拍照場，間中不必要地講粗口、插入大胸脯嚫模的角色來賣弄日本AV情節，他賣給廣西老闆的電影橋段用了《3D肉蒲團》來調侃同業，濫炒一大碟，觀眾笑完了，卻得不到喜劇應有的道德教訓及社會秩序重整，故此這影片是不嚴肅、不嚴謹的製作。用來笑一下是可以的，卻不能期望它來為港產片起死回生。

這樣寫來，就是有根有據，以理服人。可惜，這種評論，需要同理心，先放開心懷，客觀體驗作品，記錄細節，慢慢推敲，才可以寫得出來的。

後記：賈選凝得獎作品，與評審主席林沛理的選詞用字及思想內容，頗有類同，鍾祖康用文本分析及比較的方法，結連兩篇文章查核此事：〈ADC藝評獎醜聞事有蹺蹊〉，《蘋果日報》，二〇一三年三月二日；〈賈選凝得獎作中的林沛理黑影〉，《蘋果日報》，二〇一三年三月五日。

《明報》二〇一三年三月八日

咬文嚼字，實用文書

選到一頭霧水

民主黨護航，政府提出的政改方案通過之後，功能組別就加入區議員組別，列為區議會（第二）功能組別，由市民投票。九月的立法會選舉，五席的區議員功能組別，可以由普通市民投票了。至於區議會（第一）功能組別，是區議會互選產生的，與市民投票無關。

三月初，接到選舉事務處寄來通函，令人費解，讀到一頭霧水。特別是第一段，行文枯燥，卻又難明，這大概是香港政府的公關大員之長技。通函如下：

先生／女士：

區議會（第二功能界別）

在二〇一二年的立法會選舉將有一個新區議會（第二）功能界別。根據《立法會條例》（第五百四十二章）的附表三第六條，任何人名列現有功能界別登記冊（鄉議局功能界別、漁農界功能界別、保險界功能界別、航運交通界功能界別及區議會（第一）功能界別的選民除外），如選擇登記為區議會（第二）功能界別的選民及不會登記為現時屬登記選民的功能界別的選民，則該人將獲登記為區議會（第二）功能界別的選民，且不會登記為現有功能界別的選民。

即使選舉事務處的通知受到法例條文限制，也不應寫成這樣子的。只要引述法例的章節，或者放在註腳，官署就可以用日常語言向市民解釋，事後再徵詢政府律師意見，查看是否違反條文就可。通函變成這個鬼樣，是由於職員授權不足，處事萎縮，於是便敷衍塞責，將條例照搬就算。授權不足，文書人員無法靈活執筆，正是香港官方語文墮落的元兇。

立法會的功能組別是盡量不使人在功能組別上，有多重歸屬的。如果市民選擇做「超級區議員」的功能組別選民，就要放棄其他功能組別的投票選民身份，除非他們是屬於鄉議局功能界別、漁農界功能界別、保險界功能界別、航運交通界功能界別及區議會（第一）功能界別的選民。有此基礎知識，就可以如此改寫：

先生／女士：

區議會（第二功能界別）

二〇一二年的立法會選舉，將新增區議會（第二）功能界別。根據《立法會條例》（第五百四十二章）的附表三第六條，名列現有功能界別登記冊的選民（鄉議局功能界別、漁農界功能界別、保險界功能界別、航運交通界功能界別及區議會（第一）功能界別的選民除外），如他們選擇登記為區議會（第二）功能界別的選民並放棄現有功能界別的選民登記，則該人將可登記為區議會（第二）功能界別的選民，其現有之功能界別選民身份註銷。

換而言之，假若閣下是現有功能界別的選民，除非閣下是上句括號內的功能界別選民，否則閣下只能在現有功能界別及區議會（第二）功能界別之中，二者選其一，登記作選民。

後記：《立法會條例》（第五百四十二章）的附表三第六條（第五節），原文為：

選舉登記主任須按其認為合適的方式，通知名列現有功能界別登記冊（就鄉議局功能界別、漁農界功能界別、保險界功能界別、航運交通界功能界別及區議會（第一）功能界別的選民而列名者除外）的任何自然人，說明該人如選擇——

(a) 登記為區議會（第二）功能界別的選民；及

(b) 不會登記為該選民現時屬登記選民的功能界別的選民，

則該人將獲登記為區議會（第二）功能界別的選民，且不會登記為現有界別的選民。

英文原文：

The Electoral Registration Officer must inform, in a manner he or she thinks fit, any natural person whose name is recorded in the current FC register (except for the Heung Yee Kuk functional constituency, the agriculture and fisheries functional constituency, the insurance functional constituency, the transport functional constituency and the District Council (first) functional constituency) that the person——

(a) will be registered as an elector for the District Council (second) functional constituency; and

(b) will not be registered as an elector for the functional constituency for which the person is currently registered as an elector,

if the person so elects.

《明報》二〇一二年四月二十七日

真普選？假法治？

普選就是提名權要普及，選舉權要平等：一人一票，各票的價值相等。民主普選有國際定義、世界通則，只有是或不是，假的普選就是不符合普選原則的選舉制度。然而，如果爭取普選制度的政客，說爭取到是真普選，就假定我們已經有普選制度，只是糟蹋了而已。二〇一三年三月二十一日，十二個香港泛民主派政黨及團體聯合成立「真普選聯盟」，英文也叫 Alliance for True Democracy。這是語意不通的。

正如我們有時發脾氣，說香港的法治是假法治，就先肯定了香港現在已經有相當的法治，只是行使得不好，如律師費用過高、訴訟排期太長，令小市民不敢輕易打官司之類。香港要的是普選，因為根本沒有普選啊，要什麼「真普選」呢？

學院中文，迂迴曲折

在名詞上面加上着重的形容詞或副詞，強調其事，口講是可以的，寫了下來，就是弄巧反拙，反過來削弱了本詞的意思。例如完全杜絕、徹底殲滅、美滿完成之類，是削弱字義的，好像下面的學生議論文功課（綜合而成的樣品）：

水貨客來香港搶購奶粉，令本地資源被奪取，惟政府只針對限制帶兩罐以上的奶粉出境，對如何改進自由行措施卻未有正面回應，未能完全杜絕水貨客滋擾市民的問題。自由行本來是為了促進本港旅遊發展，然而正因內地旅客和水貨客界線模糊，自由行就成為便利內地人購買香港商品的途徑，間接助長了水貨客的產生。

這是典型的學院中文，迂迴曲折，毫無人氣，香港語文教育機械不仁，這就是惡果。「奪取本地資源」就可，不是「令本地資源被奪取」，奪取也不是最適合的詞。「正面回應」是多餘的，難道有負面、反面的回應嗎？限制自由行，偏偏就是負面的回應啊。「界線模糊」，太難明了，寫「混入」，不就可以？「助長」就是間接引致的，直接的叫促成、造成。

修改如下，容易明白，不過這種清通中文，就好像不是當今讀過大學的了：

水貨客來港搶購奶粉，分薄本地資源，政府只是限制大陸客帶兩罐以上的奶粉出境，卻未有研究如何限制自由行旅客的數量，未能杜絕水貨客滋擾市民的問題。自由行本來是為了促進中港交流，然而旅客流量龐大，令水貨走私客有機可乘，混了進去，搜購香港商品轉賣圖利。

《明報》二〇一三年四月十二日

垃圾暨廢物回收箱

諸位，這個標題講的不是香港政府，而是一句優雅得過分的中文標貼，在沙田火車站對開的巴士落客處見到的。英文更是優雅得要命，Litter cum Recyclable Collection Bin，用了源自拉丁文的 *cum*，是連同、連帶（combined with, along with）的意思。

然而，用詞優雅，整句卻寫得好笨。廢物與垃圾的意義是相同的，二十世紀六十年代之前，垃圾兩字仍視為粗俗，垃圾箱是寫做廢物箱、廢紙箱的，大陸叫果皮箱、果殼箱。家裏的垃圾桶，香港俗稱字紙簍。童年時，中文老師也說垃圾是俗寫，正寫是「攋摖」。該標貼是垃圾及循環回收箱並指的，應該寫「垃圾與回收物料箱」就可以了。「暨」字雖然詞義準確，但畢竟較為生僻，可以用「與」字。

暨，粵音 kei^{3}，是古雅之詞，南朝劉勰《文心雕龍‧明詩》云：「自商暨周，雅頌圓備。」最容易想到的，就是命名，如位於廣州的暨南大學，以前專設招收港澳及華僑子弟的配額。香港的「中國香港體育協會暨奧林匹克委員會」，簡稱「港協暨奧委會」，也有個暨字。捷克斯洛伐克仍未分離的時候，全名的漢譯是捷克

垃圾暨廢物回收箱

暨斯洛伐克聯邦共和國（一九九二年兩國協議分離），然而香港人依然稱為捷克就算了。

往昔香港公共用語優雅，「週年慶典暨慈善餐舞會」的告示，在酒店經常見到。同寫兩事相隨，「暨」、「與」、「及」、「和」、「跟」之別，舊時一般人仍然分得清楚。「暨」是緊密相連、兼帶的意思。「與」是兩者並列，地位相若，例如《孟子》的名句「魚與熊掌」、莎士比亞劇《羅密歐與茱麗葉》、電影《國王與我》，都是並列，有兩者選一或地位相等之意。「及」是兩者並無連帶關係及同等位置，只是前後相隨，例如「大陸新來港者及其他國家移民」。至於「和」，可以視為「及」的白話寫法，然而有打和、和氣等意思，易生歧義，必要時也要寫「及」，例如英國的全稱The United Kingdom of Great Britain and Northern Ireland，中譯「大不列顛及北愛爾蘭聯合王國」，官方也是用「及」。用「和」？英格蘭與愛爾蘭往昔鬥爭不絕，國名用「和」，是諷刺握手言和吧？「跟」是俗話，有跟隨的歧義，書面語可免則免。

這些詞義辨別，好像有些深奧，但其實大家都懂得的。舉例，「中國與日本簽訂捕魚協定」是中國與日本是地位相若的締約雙方。但如果寫為「中國及日本簽訂捕魚協定」，語義就奇怪了，讀者會問：究竟中國及日本與哪個鄰近國家簽訂捕魚協定呢？

後記：此文刊出之後，頗多地區之回收箱，改名為「垃圾及廢物回收箱」。

《明報》二〇一二年五月十一日

雙倍負責

「雙倍賠償」我們知道，大陸商店的告示「偷一賠十」，也猜到是什麼意思，即是偷走價值十元的貨品，要賠償一百元，否則送警局查辦。然而，「負上雙倍的全責」，究竟語義如何，就只有講話的人曉得。

二〇一二年六月一日，因曾蔭權外遊之豪華花費[1]，超出一般公務員用度數十倍，曾任職特首辦主任兩年的政制及內地事務局局長譚志源回應記者提問，自言「我出任了兩年（特首辦主任），更是要負上雙倍的全責」。但被問及「負責」是否意味請辭，他卻表示「最直接的首要工作是接受公眾譴責」。[2]

獎罰分明，自古以來就是官制之南針，不會罰得過重，也不會獎得過分。至於自己立意要懲罰自己的，就不待人家詢問，自己辭職或捐出官俸即可。譚志源如果誠心懺悔，或出於護主心切，也應該學習古人，用準確的辭令，將說話講清楚：部下不察，不懂得提醒上司，致令上司蒙羞，自己罪加一等。

罪加一等，是在道德上承認自己有罪，官府罰不罰，自己都認罪了。這才是負了道德責任。中國的官箴，是「知法犯法，罪加一等」。雙倍也有古語講的，但不是雙倍負責，而是「雙倍奉還」之類的承諾。例如感激朋友義助，借出資金解困，便承諾

1 「二〇一二年六月一日，審計署查核曾蔭權外訪住宿安排，揭露他如何『大花筒』，五十五次外訪共耗費一千二百萬元，八成日子入住超豪特級套房，倫敦之旅的房租更超出標準上限二十二倍。報告又揭發，在檀香山，無任何理由，亦並無會議要在房內舉行，曾蔭權由原本入住便宜逾一半的單睡房山景總統套房，改為入住雙睡房海景套房。同年四月底，傳媒踢爆曾蔭權訪巴西時住四千多平方呎總統套房，查無必要。」採自蔡子強，〈「負上雙倍全責」——高官廢話大全〉，《明報》，二〇一二年六月七日。

2 譚志源現任政制及內地事務局局長，他在二〇〇九年八月至一一年九月擔任特首辦主任，看到上任僅八個月的梁卓偉表示願為特首外遊之事負全責後，心中「有些難過」：「他（梁卓偉）公開聲明表示要負上全責，我個人來說是十分尊敬他的。若他只在此崗位服務了八個月的時間也願意負上全責，我出任了兩年則更是要負上雙倍的全責。我覺得在政治層面上，這個責任是無可推諉的。」講話參閱〈譚志源：我要負雙倍全責〉，《星島日報》，二〇一二年六月二日。

他日翻身，必定雙倍奉還。也有是賭氣的用法，例如威脅對方不要侵犯自己，否則必定雙倍奉還。

假若譚志源講，此事他「負全責」，就已經夠問責的了，「負全責」是挺身而出，承認過失，將所有罪名攬上身。然而他說，要負上「雙倍的全責」，真的不知汝意云何，所言何事。修辭上，我們叫這做過猶不及，即是用過分誇飾的辭令來講話，結果令到說話的語義不清，難於追究。講話言過其實，稱之為文過飾非，一般是由於講話的人有隱瞞或隱衷，故此用過分的修辭來掩飾。當然，聽譚志源的誠懇語氣，他看來不是那種推諉過失的人。他只是好玩弄辭令，修辭功夫卻不到家，以致詞不達意而已。

對了，特首辦主任一來是問責官員，問責官員是要出來為政府解釋政策的，二來特首辦主任是幕僚長，負責替特首排難解紛，詞不達意的人，又做什麼特首辦主任呢？所任非人，這不是曾蔭權失職麼？

《明報》二〇一二年六月十五日

不准停泊，喬遷啟事

「讀書讀得多，料字寫成科！」兒時在村校讀書，老村長以此客家諺語，訓誨小孩寫字要辨別字形。村童當年常將料字寫成科字，因為食得禾米多[1]，「禾」與「米」好熟悉，容易調亂也。舊時基礎教育並不普及，但街上文句不通的告示很少，寫錯字的街招更少。近十年來，教育普及，大學畢業不再罕有，但近年在街上遊目四顧，總看見一些文句不通的句子，有些甚至是政府文告，至於街招上的錯字，也時有所見。

1 此諺語有好事多為，報應就到之意。

二〇一一年十二月中，在沙田寶福山骨灰龕場前面的排頭村停車場空地，發現告示牌上有一個錯字，月初在深水埗也發現商店的搬遷啟事上有一個錯字。這些錯字的共同之處，都是電腦打印的楷體字，不是請人用毛筆代書的。花一百幾十元請街頭書法家寫告示的，斷不會寫錯字吧。一心用電腦打字節省金錢，卻潛伏禍患，丟人現眼。

排頭村的告示：

私家重地
外來車輛，不准停泊

不「准」停泊

此告示用的是直排中文，由右至左讀起，算是難得。「私家重地」四字也有古風，其餘兩句，都是四字。錯字是「准」字，應是「淮」。准與淮、洗與冼，是小學的識字教育必有的。往日淮字常用，如煮食常用的淮鹽，日用藥材淮山。淮鹽餅是我兒時的零食，淮杞燉乳鴿是晚飯常備的補湯。

二〇一二年四月二十日，在深水埗地鐵站口，見易拉架上一街招：

英發漆油有限公司
現已僑遷至對面新鋪
請移玉步到 125 號地下
（美亞行側）

「僑」遷啟事

「請移玉步」，街坊漆油店有此優雅辭令，難能可貴，可惜「僑遷」就寫錯字、用錯詞。恭喜人家搬遷，稱為喬遷；自己搬家，就寫搬遷、遷居就算，豈會自我恭維的？這是大陸的歪風南下之故。大陸人在破四舊和文革之後，禮崩樂壞，稱己妻為「夫人」，稱自家為「府上」，店舖搬家，門口自貼「喬遷啟事」的，比比皆是。

喬是高的意思，《說文解字注》曰：「喬，高而曲也」。樹幹高大且樹枝往上盤旋，謂之喬木，由低處遷到高處，謂之喬遷。語出《詩經・小雅・伐木》：「伐木丁丁，鳥鳴嚶嚶。出自幽谷，遷於喬木。」寫樵夫伐木，驚動鳥，鳥高飛而棲止於高樹之顛。後人因用喬遷為祝賀人升官或搬屋，亦作「遷喬」。[1] 此油漆店由地鐵站之側的旺鋪，搬遷到公廁斜對面，屈居小販排擋後面，應是業主加租趕客，此非喬遷，實乃迫遷也。

茲以恭敬之辭，簡潔之語，改正如下：

英發漆油有限公司
遷至斜對面一二五號地舖（美亞行側）[2]
貴客光顧，請移玉步

《明報》二〇一二年五月四日

1 另見唐人張籍《贈殷山人》：「滿堂虛左待，眾目望喬遷。」明人陸采《懷香記》第十六齣：「官人喬遷到此，遂着你的意了。」

2 看圖，應是遷移到桂林街隔一個街口，是斜對面，不是對面。

無障礙主任

在旺角太子道西與水渠道交界之公園，看見一個形狀切割成八角形的中英文告示版，好似八卦鏡，標題則好似佛經章句：

無障礙主任

本場地的無障礙主任為經理（公園及遊樂場）油尖旺區 4。

如有需要，請致電 2302 1785 聯絡。

The Access Officer of this venue is Manager (Park & Playground) Yau Tsim Mong 4, who can be contacted at 2302 1785.

一個官員做到無障礙，難道修行好到家？這類無障礙主任，每所公園都有一位，保大家平安，厲害過社壇土地公了。佛教說的障礙，就是前世的業障、心中困惑之類，無障礙就是《心經》說的「心無罣礙」（罣音掛），故此西藏佛教的八大菩薩之中，有「除蓋障菩薩」，蓋障是貪慾、嗔恚、渴睡、掉悔（躁動不寧）、懷疑五蓋，除去障礙，心性光明清靜，得享福樂。

當然，港府並非崇佛，所謂無障礙主任，只是保障傷殘人士有斜坡通道或升降機，可以自由進出政府管理的公共場地，賦予平等的進入權利（right of access），故

無障礙主任在太子遊樂場

此英文叫 access officer。民政事務總署委任助理署長（行政）為部門無障礙統籌經理，統籌部門的無障礙事宜。另各區民政事務處的高級行政主任（地區管理）獲委任為地區無障礙主任，一般由場地的經理兼任。

無障礙主任的翻譯之所以離奇，是由於此詞的構詞出了問題：無障礙是形容主任的狀態，而不是形容主任的工作。這類構詞，就好像西洋的「無任所大使」（ambassador-at-large）或舊時的無任所大臣，是指那些無特定官邸或辦事處的特派專員，有點似王朝中國的欽差大臣。

Access officer 之所以難翻譯，是由於英文的 public access（公眾通行權）及 right of access（進入權）的觀念已經風行，用 access 一詞就可以涵蓋。中文則由於香港公共權利不彰，通行權的觀念陌生，故此要反過來翻譯，用無障礙、清除障礙的逆譯法。然則中文是方塊字，詞語佔位不多，正反兩者，結合翻譯，變為「無障通行主任」或「除障通行主任」，豈不更妙？這就可以望文生義，知道主任的職責，就是清除通道障礙，確保無障通行。

至於那個官職分區「經理油尖旺區4」，好似特務工作，十足警政司令部的密令，部門通訊無問題，公開寫出就嚇死人。公開文書是不能用簡寫的，寫這告示的官員觸犯了大禁忌！整個告示，可改為：

無障通行主任

本場地之無障通行主任為油尖旺區第四分區遊樂場及場地經理。

市民如遇本場地有通行之障礙，請致電 2302 1785 申訴。

The Access Officer of this venue is Manager (Park & Playground) of Yau Tsim Mong District Section 4. Please call 2302 1785 if you encounter any access troubles.

政府告示必須清晰，以彰權責，標版空位很多，何妨多些寫個字？

《明報》二○一二年五月十八日

厚切餐蛋麵

連鎖粥店的厚切餐蛋麵，聲稱「只售三十三元」，皇恩浩蕩。[1]以前三十三蚊食大餐，如今三十三蚊食茶餐。什麼是中產向下流，什麼是M型社會？[2]為何快餐店（包括中式快餐）會代替大酒樓成為香港飲食文化代表？一個好悲哀的庶民

厚切餐蛋麵的廣告

1 海皇粥店於二〇一二年五月九日推出。
2 此概念來自大前研一《M型社會——中產階級消失的危機與商機》。

經濟學解釋：中產窮了，要用提升底層生活的方法來令自己好過一些。於是，街頭和商場出現點心蒸包店，快餐店也提升格調，然而價格提升之後，例如燒鵝飯賣五十元一碟，就滿不是味兒了。[1]

售價高昂而故作經濟實惠，廣告宣傳的語言更是浮誇：「厚切濃香五餐肉，美國特級XL蛋白大蛋，健康飛水一丁麵，有機菜心」。此外，「本店為您增設貼心的去掉蛋黃服務，如有需要，請在落單時通知店員」。文學修辭有所謂誇飾（英文是hyperbole），用誇張的語詞描述平常的事物，達到戲謔、諷刺等效果。

此廣告用的語詞，固然是誇飾，但態度正經八百，煞有介事，惹笑效果更是濃烈，與周星馳《食神》（一九九六）中，一碗盛惠九十九個九毫九的「嗱喳麵」，不遑多讓：濃情化不開的豬紅，情比金堅的炸豬皮，一生只戀愛一次的巴黎九棍魚起肉打成的魚蛋，印度的感情咖哩，代表天長地久的韓國野生蘿蔔，蕩氣迴腸的豬大腸，緊韌纏綿的生麵。

說回餐蛋麵廣告，「五餐肉」是錯別字，應是「午餐肉」，午餐肉是平民的肉排，屬於再造肉，以豬肩肉、邊角碎肉加馬鈴薯澱粉為原料，混入糖、鹽、調味料和水，加入硝酸鈉防腐，令肉塊染上粉紅色。往日午餐肉是廉宜之食，如今店租飛升[2]，糧食漲價，通貨膨脹，「厚切」午餐肉也像厚切牛排一樣，變成窮人的奢侈品了。至於「濃香」，只是罐頭調味料原有的味道，並非烹調有術，寫來多餘。

XL (extra large) 已是特大，「蛋白大蛋」，是指蛋白特別大，還是有蛋白的大蛋？即食麵是油炸麵（出前一丁麵），不健康，即使「飛水」之後，脫了一點棕櫚油，也會吸納午餐肉的動物油，變得不健康，至於幾條菜心，不值多少錢，強調是有機的，旨在令顧客心裏平衡一點，食得簡單，卻很健康。

1 大家樂快餐店的一哥燒鵝飯，在二〇一二年四月，賣五十元一碟。名廚周中認為，一客燒鵝飯合理售價為三十多元，質疑大家樂賣五十元太貴。參閱〈平民快餐不一定價廉　大家樂燒鵝飯貴過鏞記十二蚊〉，《蘋果日報》，二〇一二年四月十九日。網民狂罵之後，大家樂取消此飯。

2 食家劉晉認為租金高漲是香港食店賣貴價的原因。此外，海皇粥店也有嚴謹的食物安全標準，乃首家取得「五常法認可證書」的食店，故此賣貴不足為奇。他說，最貴的餐蛋麵是港島區一家傳統茶餐廳（已結業）的自製餐蛋麵，食材講究，每碗六十八元。參閱劉晉〈「厚切餐蛋麵」風波〉，《信報》，二〇一二年五月十四日。

最搞笑的，是「本店為您增設貼心的去掉蛋黃服務」。首先這是半生不熟的北方話，「去掉」一般是帶「將」或「把」的助動詞，是「將蛋黃去掉」。簡單而有力的動詞是「剔除」。剔除蛋黃，餐廳回收食材，有他的如意算盤，就不必寫「貼心」了。

價錢可以賣貴，但文字平實一點吧：

厚切午餐肉，美國 XL 大蛋，飛水一丁麵，有機菜心

本店可為貴客剔除蛋黃，如有需要，請在落單時通知店員。

《明報》二〇一二年五月二十五日

溫馨提示，自討沒趣

聽過一位在大陸做物業管理公司的朋友說，在大陸催促交管理費，態度要溫婉，如果用公事公辦的方式催促，不但住戶不會從速繳費，而且還會招來某些住戶惡罵，說態度不好。只講態度，不問道理，這是大陸很多人的通病。在香港，一封以事論事的信就夠了，況且也很少住戶欠交的。大陸人由於經過文革的鬥爭，而且競爭激烈而法制擔保不足，一般不大願意守規矩，服從官方指示，於是近十幾年很多告示都以「溫馨提示」的形式出現，偶爾也有「溫情提示」、「貼心提示」的變種。

一般認為，「溫馨提示」出自英文的 gentle reminder 或 soft reminder。其實英文告示很少用 gentle 或 soft 的，出現了，也帶其他語調，例如反諷或捉弄，有輕怨薄怒之意。如朋友催促一位習慣借書不還的愛書老友，可以這樣寫：May I give you a gentle reminder? The rare book you took from my bookshelf the other day is still very much needed by me（輕輕提醒你一下，那天你從我書架取走的古書，我還需要的啊）。用在作文，soft reminder 也只不過是名詞 remind 的修辭變化而已，例如寫 The old toy was a soft reminder of my childhood days，中文要翻譯，也不是硬譯為「那件舊玩具是我童年日子的溫柔提示」，而是要活譯為「那舊玩具觸動了我，想到童年歲月」。

香港以前也不用「溫馨提示」的，按照事態之緩急與語氣之寬嚴，依次有通令、警告、呼籲、告示、通告、啟事、注意之類，甚至有古雅的「奉政府喻……」。溫馨一語，冠於告示之前，有削弱權威之感，甚至有點戲謔，既不登大雅之堂，也妨礙公務。香港公私部門不察，受大陸影響，致令溫馨提示泛濫，在南山邨見一告示，說紅綠燈在某段時間不必行人按鍵啟用，會自動啟用的，明顯就濫用溫馨提示：

溫馨提示
上午十時至下午四時，
自行啟動自動轉換燈號系統

在食店，「溫馨提示」觸目皆是，如筆者日前在某連鎖快餐店的餐桌的邊角上見到告示，說：

溫馨提示
一、請緊記攜帶私人物品
二、四人座位，同行顧客請同坐一邊

這個告示，從標題到內文都不精確。餐廳是好心叫人不要遺留物品在座位上，即使寫「帶走私人物品」也不可，好像是餐廳厭惡顧客留下紙巾、牙

溫馨提示之紅綠燈

溫馨提示之大家樂快餐店

籤之類的。私人物品是指個人財物，從電話、雨傘到手帕，都是個人財物。同行顧客也不清不楚，如果是三人或四人同行，如何坐到一邊？

溫馨提示，應改為「注意」。第一句是貼心提醒，第二句是老實不客氣，語調不同，應改為：

注意

一、請勿遺漏個人財物於座位上

二、此乃四人座位，兩人同行，請同坐一邊

香港的官府，也有沿用呼籲，卻是無謂的溫馨提示，例如天寒地凍，衛生署向市民作出呼籲（節錄）：

＊ 留意天氣預報，按氣溫加穿適當禦寒衣物，包括頸巾、手套、帽、襪及頭巾等；

＊ 進食足夠及高熱量的食物及熱飲，例如熱湯、熱飯和麵；

＊ 逗留在溫暖的環境內，避免過分暴露於户外；

＊ 使用保暖電器時要注意安全，室內也應保持空氣流通；

＊ 如有不適，應盡早求醫。

用公告的方式傳播這些瑣碎叮嚀，不是愛民如子，而是擾民，也是削弱公民的自我責任和自理能力。

《明報》二〇一二年六月一日

狗糞告示

家犬與人有親，但在公共地方，狗之行為卻在管制之列，例如不許進入某類場所，不得遺下糞尿之類。香港關於狗的現代告示，最經典的是二十世紀六十年代公園樹立的「犬隻不准進入」的告示，惹人譏笑，謂犬不識字，寫來無用。後來公園改立「不得攜犬進入」，平息其事。

五月三十日，於筲箕灣愛秩序灣道見一告示，鐵牌及字體頗有工務局之遺風，有標點符號，也有改錯的貼紙，頗為可愛：

請勿讓你的狗隻在公眾地方遺下糞便，
違例者將被檢控。

食物環境衛生署

Please do not allow your dog to deposit any of its faeces in public place, or you will be prosecuted.

F.E.H.D.

食物環境衛生署於二〇〇〇年成立，故此鐵牌不會早於二千年。結合法例來理解，意思當然清晰，但文字卻甚累贅。「讓」字是動詞語綴（verbal affix），詞義寬鬆，是容許、致使、任由之意。所謂語綴，是不能獨立成詞而產生意義的，要依附於其他動詞；獨立存在的時候，語義含糊不清。「讓」字的動詞語綴用法，據語言學家考證，是來自阿爾泰語系的蒙古語[1]，故「讓」字一般用於北

狗糞告示之筲箕灣古舊版

1 參閱台灣語言學家張華克在《漢語的地位》一文，載《中國邊政》第一五三期，二〇〇一年九月，網上可讀。

方口語，南方話少見。由於意思不定，一般不入公文。例如孤立的一句「你讓我先走」，你懂得「讓」字的意思嗎？不懂得啊。因為那「讓」字，不知是動詞語綴的容、使之意，還是個全動詞（full verb）的「禮讓」之意。

此告示用古語「請勿」配搭北方白話「讓」，風格不合，而且誤導讀者，將「讓」字視為全動詞，即是禮讓、謙讓的意思，腦海出現的情景，是狗與主人纏鬥，主人無奈退讓，任由愛犬撒賴。

如欲維持古色古香，此告示改為文雅版，也可準確傳達禁令：

勿令閣下之犬於公共地方遺下糞便，
否則會被檢控。

食物環境衞生署示

今年五月，屯門富泰邨前之行人天橋，該署也繫一橫幅，警告狗主：

放狗人士清理狗隻糞便有責。
任何人士容許狗隻弄污街道
或公眾地方會被罰款$1,500元

食物環境衛生署

Clean up after your dog. Any person who allows his dog to foul any street or public place by faeces will be liable to a fixed penalty of $1,500

Food and Environmental Hygiene Department

此告示有指令，也有罰則，乃官府少見之佳作。然而中文版本的「人士」，本是指有名望之人，在香港用得太濫，仍可略事修飾，始有公文之古樸：

狗糞告示之屯門富泰邨版本

放狗者必須清理狗隻糞便

縱容狗隻於街道或公眾地方遺下糞便者，定額罰款一千五百元

食物環境衛生署

狗糞告示之屯門富泰邨之變種

干犯輕微罪行而有行政部門定額罰款的，台灣叫「罰鍰」，經法庭定罪而罰款的，叫「罰金」，然而香港法律制度不同，而罰款亦可作動詞用，故此直說定額罰款若干元即可。公文尚簡潔，舊時香港有「科以定額罰款」之語，也不必復活了。

《明報》二〇一二年六月八日

今晚打野豬

法國人問安，說「Comment allez-vous?」，港人在八十年代喜學法文，便用粵語來戲譯，稱之為「今晚打老虎」。

二〇一二年六月二十三日，往筲箕灣阿公岩村拍攝破屋及山景，在村口偶遇告示，說該村有野豬出沒。通告雖是電腦打字，但行文散漫，猶如急就章：

通告

本阿公岩村出現野豬走動，請村民出入小心。如見到野豬，請即報警。

阿公岩村互助委員會

也許是給野豬嚇着了，顧不得文句雅馴。本村就是阿公岩村，既寫了村名，就不必加「本」字。「走動」雖然描述野豬動作緊湊，但走動是在村內住下來了，如小狗小貓，才叫走動。野豬怕人，村民見到就報警，豈可從容走動？此外，收結之句也不對稱，失卻通告之莊嚴。通告必須要有日期，否則難以考查。略可改動如下：

通告

本村近日有野豬出沒，村民務必小心。如見野豬，請即報警。

阿公岩村互助委員會

二〇一二年六月二十三日

阿公岩村打野豬告示

側邊的箱頭筆手寫紅色告示，猶如十萬火急，行文短促，頗有庶民趣味：

通告

接政府通知

25日早10時至晚10時打野豬

阿公岩村互助委員會

我在元朗山村長大，知道野豬在深夜至清晨出沒，見了此通告便發笑。早上十點到晚上十點是警察的狩獵隊的上班時間，野豬斷不會配合公務員的上班時間出沒吧？當然，日間搜索山林，直搗巢穴也可以的。此告示只是告知打野豬時間，卻無行動指引，令人無所適從，依照政府慣例，可修改如下：

接政府通知
本月二十五日上午十時至晚上十時
警方出動狩獵隊獵殺野豬
村民出入，務必小心，勿走入狩獵範圍
阿公岩村互助委員會
二〇一二年六月二十三日

《明報》二〇一二年六月二十九日

找錢是「找續」，還是「找贖」？

上小巴，車費錢箱上，總是貼了「不設找贖」，英文是Exact Fare，全句是Please tender exact fare，即是叫乘客如數付款，司機不為乘客找零錢了。

上世紀七十年代中期，石油加價，巴士公司為了節省工資，取消售票員，由司機兼管收錢，司機無法分

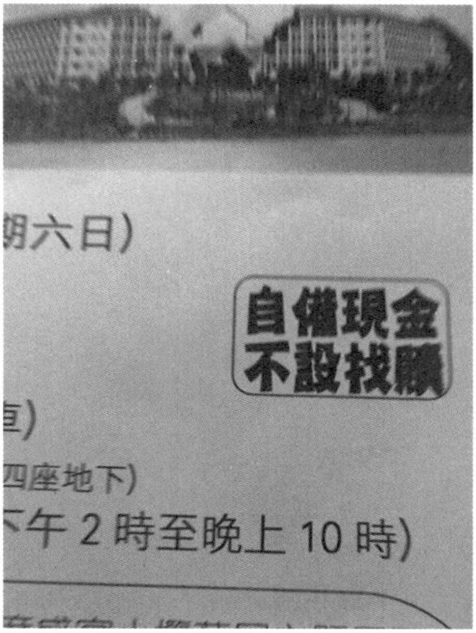

不設找「贖」

心做找錢的事，於是索性不給乘客找錢，紅色的錢箱上貼了「不設找續」的告示。

中文告示要典雅，多四字格式，口語「不為你找錢」，就要寫為「不設找續」，尋一個與「找」字意思相若的「續」字，襯成同義複詞。為什麼「找續」是同義複詞呢？因為找錢的「找」，已經是意思完整的，「續」字就必是襯托的同義詞。好像「不准進入」，「進」與「入」都是同義的，彼此結為同義複詞。同義複詞的其他例子，如辛辣、炎熱、寒冷、仁慈、假借、金錢、身體、疾病之類，複詞有助辨別口語的意思。唐宋之後，多了白話文本，就將口語的複詞記錄下來了。

普通人不知道「續」字的其他意思，就會胡亂寫個「贖」字，因為「贖」有個貝字偏旁，該與金錢有關吧？「贖」，是用錢財換回抵押品，例如在典當舖中將東西贖回來，又或付贖金，從綁匪手中贖回人質。乘客又不是被汽車公司扣押住的人質，不夠零錢付車費，下車就是了，又「贖」些什麼呢？

「找」是宋元俗語，明・焦竑《俗書刊誤》卷十一〈俗用雜字〉說，「補其不足之數曰找」。補回差額，俗話叫「找錢」、「找零兒」，明代《警世通言・卷十一・蘇知縣羅衫再合》：「當下先秤了一半船錢，那一半直待到縣時找足。」「找」是商品經濟繁盛的宋、明時代留下的俗語。

至於「續」，除了連續之外，也有添加、補充、補不足之意。北方口語說「熱水瓶沒水了，再續些水吧！」，或說「杯子裏面的茶快喝光了，快把茶續上」。妻死再娶，叫「續絃」。寫書意猶未盡，再寫一本補充，叫「續篇」。因此，「找」與「續」意思相當，可以結成同義複詞，寫出典雅的四字告示「不設找續」。

考察語言問題，除了循其形而尋其義之外，也可循其音而尋其字。續是 zuk^6（逐），贖是 suk^6（熟）。我們講找錢，是說 $zaau^2\ zuk^6$（音「爪逐」）。喂，你幾時聽過人講 $zaau^2\ suk^6$（音「爪熟」）呢？

《明報》二〇一二年十一月二日

意頭菜，賀新年

玩諧音，食好菜。年年有餘、發財好市、金錢滿屋、橫財就手、和氣生財、大吉大利、步步高陞。這些吉利祝賀語，都可化為盤中珍饈，講得出，食得到。

這些諧音吉利的新年菜式，酒樓叫意頭菜。意頭是廣東語詞，北方叫彩頭。意頭本來是意念、念頭之意，廣東話的意頭，應該是好意頭的簡稱，寓意吉祥也。中文乃單音節語，即使是語音複雜的廣東話，同音字、近音字也頗多。以前生活並無影音娛樂，親朋戚友交談，妙語如珠，互相取樂，諧音詞、歇後語、打油詩都是往日語言玩樂之道。偶然講出一句好說話、好詞語，就會傳誦鄉里。

過年珍饈　討好意頭

筆者生於上世紀六十年代初的元朗，每逢新年，親友聚會，都會以蜜餞糖果和開年飯菜來玩吉祥意頭。圓形糖果盤叫全盒，請客人食瓜子，子內有白果仁，「仁」與「銀」音近，於是叫「抓銀」（粵語讀如「丘銀」）。糖柑桔是大吉大利，蓮子是連生貴子，糖蓮藕是天成佳偶，糖椰子是有爺有子。煎堆的吉利語是煎堆轆轆，金銀滿屋。至於糖冬瓜、糖甘筍、馬蹄等，並無諧音意頭，混亂叫有花有果、甘甜順利、一馬當先即可。

全套意頭菜　食飯如猜謎

年初一中午素食一餐，來自佛教初一、十五食齋的戒律（布薩食[1]），年初二開年菜，就可以大魚大肉。鮮魚不可或缺，諧音寓意年年有餘（魚），髮菜煮蠔豉，是

1 印度教於月圓與月虧兩日，齋戒清淨。此兩日即陰曆的朔、望，中國夏曆曆法的初一、十五。佛陀承襲此風，與朔望兩日開講波羅提木叉，即「善法的根本依止說」。參與布薩的僧侶，如犯戒，必先依律懺悔，以保持僧團清淨，免礙修行。

「發財好市」，近年發現牧民用鐵耙採摘髮菜損害內蒙古草原生態，於是髮菜作罷，代之以海藻。到燒臘檔買燒肉拜神開年，附送小豬手一隻，寓意橫財就手，也有兼送豬脷（豬舌）一小截的，寓意大吉大利。生菜就是和氣生財，冬菇表面切花之後，狀如金錢，放在生菜上面，就是滿地金錢。飯後一塊年糕甜品，就是步步高陞。舊日農村需要男丁勞動，新年照例有豬肉燜慈菇，保留慈菇的蒂（尖苗），寓意慈菇蒂（蒂字讀 $ding^3$），來年生男也。

全套的新年意頭菜，出自酒樓傑作，踵事增華，錦上添花，當然也有牽強附會之作。除了發財好市、年年有餘之外，紅燒大圓蹄叫一家團圓，紅燒蟹肉翅叫展翅高飛，炸子雞是鴻運當頭，北菇扒菜膽是眾木迎春，蛋炒飯是金玉滿堂之類。往日茶樓優雅，晚飯菜式猶如猜謎，掌櫃用毛筆在菜單寫上八仙過海（海鮮羹湯）、麒麟送子（麒麟鱖魚）、比翼齊飛（鵝翼）、麻姑獻壽（壽桃包），滿紙龍飛鳳舞，不知情者要待到佳餚上桌，才知是何等物事。今日工作勞累，親朋聚餐，行色匆匆，無心猜度意頭好菜，茶樓尋常晚飯也不再玩弄諧音菜單，只是新年仍有發財好市、年年有餘矣。

《明報》二〇一三年二月二十二日

訃聞學中文

一人離世，五倫動盪。喪禮乃撫平傷痛之禮，也是鞏固倫常之禮。某家庭成員之出生，未必親族出席慶賀，但某家庭成員之喪生，特別是德高望重的長輩，則君臣（今之同事關係）、父子、兄弟、夫妻、朋友之間的五種倫理，都來弔祭。名人去世，親族告之公眾，便在報紙上刊登訃聞。「訃」音「父」，標音的偏旁「卜」不讀「卜」而讀「父」，與「赴」字的「卜」的標音一樣。

訃聞又稱訃告、訃文，是通知各方親族友好，家中有人離世之公告。訃聞是傳統文告，依循嚴謹格式。首先是稱謂，若是家長，就是某公某某府君，前者是姓，後者是名，有別字者再插入，之後是痛於某日於某醫院去世。往日在家去世的老人，則寫壽終正寢。如得高壽，則寫享壽、享年；五十以下的短壽，則寫得年。之後是寫治喪處、弔祭時間及入殮時間，結束語是「哀此訃聞」，格式猶如尋常公文的特此通告、周知各界之類的四字詞語。訃聞的「聞」字特大，死者享壽八十以上而子孫眾多者，「聞」字用紅色，否則用黑色。

「庶」是旁支　又是側室

由於喪禮是彰顯孝道，故此親族必須依照宗法輩份排列於發文者的位置，印刷在「聞」字之下，用「泣告」結尾。直系親屬（子孫）帶頭，橫支親屬（兄弟姐妹）隨後。香港在一九七一年之前，法律寬容中國風俗的一夫多妻制（妻妾制），故此大家長身故之後，往往有頗多子女。居喪守孝的孝男、孝女，是嫡系的子女，即是正室（大婆）所生，庶男庶女是側室（細婆）或妾侍所生的子女，庶是眾多、旁支的意思，此處是旁支之意。去世之子孫或兄弟姐妹，則用黑色框格顯示。長輩逝世而子孫眾多的，難以全部寫入，故此也有「親屬繁衍，恕未盡錄」之句。

「肩姐肩妹」共侍一夫

認了做契仔或契女，交往密切而獲得家族認可的，也列在親屬名單之內，成為叫誼子、誼女。若是元配夫人逝世，其子女之訃聞，也列入庶母（其父之側室），稱為「肩妹」，肩是肩負的意思，「肩姐」、「肩妹」是指兩女共侍一夫，她們可能是平妻（同屬於正室的地位），或是正室（大婆）與妾侍的關係。古代大戶之家的男子，可以有一名髮妻（元配夫人）、二名平妻及四名偏妾，稱為三妻四妾。

先慈
李母高桂蘭太夫人（已故李建業先生之元配）痛於二〇一三年五月十日壽終在香城醫院仙遊積閏享壽九十有六遺體奉移香城殯儀館治喪謹擇二〇一三年五月二十五日下午五時在該館設靈翌日二〇一三年五月二十六日上午十時大殮十一時辭靈隨即出殯 哀此訃

聞

孝男 **英傑** 媳 **方譽安**
庶男 **英偉** 媳 **杜月梅**
英俊
孝女 **英敏** 婿 **張慶祥**
肩妹 **柳艷玲**
孫男 **熙明** 孫媳 **顏如玉**
熙林
孫女 **熙榆** 孫婿 **吳東錫**
庶孫男 **熙棋**
庶孫女 **熙桐**
外孫男 **張彥良** 外孫媳 **周玉華**
曾孫男 **子諾**
外曾孫男 **張楚軒**

泣告

鼎惠懇辭
如蒙賜賻
撥充善舉

胞兄 **高貴強** 嫂 **楊美蘭**
胞妹 **高桂枝** 妹倩 **林得望**
誼男 **黃力凡** 誼媳 **余幸娟**
親屬繁衍 恕未盡錄

治喪處：**香城殯儀館** 地址：香城康莊道三七九號 電話：四三二一一二三四

（虛構訃聞）

往日弔祭者會贈送毛巾、棉被、布帳之類，今日則一切從簡，以現金為禮，稱為「賻」。故此客套的訃聞也會寫「鼎惠懇辭，如蒙賜賻，撥充善舉」或「鼎惠懇辭，如蒙賜賻，請折現金，撥充善舉」之類，也有寫明賻金（亦稱賻儀）是轉贈某慈善團體或醫院的。鼎惠是隆重的惠贈，懇辭是誠懇推辭之意。訃聞的套語，都是用四字詞語為主，顯示四字詞語是中文最莊重的句式。

《明報》二〇一三年二月一日

文其言，白其話

好多同學以為五四新文化運動之後，中文已經進入白話時代，而不知道，在中文的書面語，文言與白話是恆久在角力的兩套風格。你一動筆，就觸及文言與白話的選擇。

狹義的文言，是之乎者也、四六駢文；廣義的文言，是採用文雅及方正的寫作風格，好似公文一樣。例如下列的學生散文作業：

我有一年暑假回惠州鄉下，居住在姨婆家中。姨婆養了小雞，我便在旁觀看和學習。小雞除了吃米糧蔬菜之外，也吃水果。當然不是真的給牠們水果吃，而是夏日炎

炎，吃剩的西瓜皮拿來餵飼牠們。姨婆說，雞吃西瓜皮可以消暑以防止生病。（版本一）

文中的居住、觀看、學習、米糧蔬菜、夏日炎炎和餵飼，都是文雅和官式的詞彙；「可以消暑以防止生病」，是正經的推理。這種方正典雅的風格，是不宜在閑散敘事上用的，然而，由於香港學校的語文課，是以實用為主，故此學生學到的風格，就是廣義的文言。即使是個人敘事，也寫得好像正經的旅遊報告似的！改了白話風格，就是這樣：

有一年的暑假，我回惠州鄉下，在姨婆家裏住着。姨婆養了小雞，我便在旁觀看，也學着玩。小雞除了吃米屑、菜葉之外，也吃一點水果。當然，鄉下人不會給牠們水果吃的。炎炎夏日，我們吃剩的西瓜皮，就拿來餵牠們。姨婆說，雞吃西瓜皮可以消暑，這就不會熱病了。（版本二）

文章將複詞「居住」、「餵飼」之類，改為單詞「住」、「餵」之類，顯得平易近人。有正規意味的「居住」、「學習」，也改為臨時將就的、鬧着玩玩的「住着」、「學着」。「在旁觀看」就不能改為「在旁看」，因為要顧及音韻的對稱與和諧。如果你通曉北方話，你自然會在後面加上一個「着」字來襯音，講成「在旁看着」。寫成「在旁看着」，當然可以，但卻與後句的「學着」重複了，顯得乏味，故此保持不變，不能改了。

至於「夏日炎炎」，改為「炎炎夏日」，是由於前者是套語，泛指一切暑熱，後者是指該年的暑熱。要分辨兩種的差異，需要語言情感的細緻觸覺。

版本二的素淡白話，讀來令人舒暢。然而，學校老師或公開試的評卷員，也許不會領情，分辨不出版本一與版本二的差別，會給你同樣的分數。有些甚至覺得版本二的文筆不夠文雅，給低一點的分數。

近二十年，香港學校的中文教育以實用寫作為主，但又放棄了傳統的古文教育與文學教育。沒了古文教育的根底，不識得行文簡練，寫公文就囉唆冗贅，的的了了說個不停；沒了文學教育的根底，不識得人情婉約，寫公文就剛硬唐突，得罪讀者。

近代學校中文教育不得其法，故此培養不了多少作家，掌握風格奧秘的中文作家往往出身於外文系（如余光中先生），甚至來自南洋一帶的域外華僑（如董橋先生），並非意外。

《明報》二〇一三年一月十一日

寫小說，用白話

白話乃地道語言，不及文言之博雅，然而用於日常寫作，要視乎環境與語氣，有時文言不如白話，成語不如白描。文句之長短、詞彙之選擇，如何定奪，須視乎題材及語調。例如寫小說，除非寫的是仿古歷史演義或傳奇，都應以白話為本，文言為輔。

中文無形式語法，斷句容易，造句最難之處，就是句子之長短剪裁，只能靠博覽群書，始可掌握。例如文言小說，要讀《搜神記》、《聊齋誌異》之類。白話小說，要讀《紅樓夢》、《西遊記》與《金瓶梅》。尤其是《紅樓夢》，乃北方白話大成之作。

比如這一句：

阿華掀起桶蓋，木桶變得空空如也，一如所料。

讀得白話小說夠多，就知道後句放在前面，也調整一下其他字詞，讀來順暢得多：

阿華掀開桶蓋，一如所料，裏面空空如也。

例如下列學生敘事文，以語法而言，無可挑剔，但就是讀不出小說的味道：

自小我就認為自己頗大膽的，天不怕地不怕，即使去郊外露營，晚上漆黑一片，我也不會害怕，有需要到村中士多購物，我也自告奮勇前往。

文句的動作不夠多，戲劇情節不足，鋪排的細節貧弱，而且用了「頗」之類的虛浮副詞，削弱了本詞。「怕」、「害怕」也重複得太多。「自告奮勇」在這裏是合適的成語，但意義僵固，在小說不能隨便用。今以白話改寫，各位看看效果如何：

我自小沒給什麼嚇着，膽子也算大的，即使在郊外露營，晚上漆黑一片，寒風吹得嗚嗚響，同伴要找人到村中士多買些宵夜食物、應急物品之類的，我也一口應承，說去就去。

例如隨後這句，文義重疊，如議論文一樣，顯不出動作的乾脆利落：

我們收拾好物品，整裝待發，準備離開營地了。

如改作如下，就乾脆利落，神氣很多：

我們收拾好營地，裝配好物品，大家抖一抖背囊，開步就走。

以下的文句，是很好的記敘文，但用的套語和成語很多，反而令文章落入陳規，不夠真實：

那天我因事逗留在學校至八時，離開校門的時候已經夜幕低垂，天色昏暗。走在無人的街上，蕭蕭寒風吹來，使我不禁顫抖了一下。

改成這樣，好像不大典雅，讀來卻如親歷其境：

那天發生了些麻煩事兒，放學之後不能走，留在學校一直到八點。關了燈，出了校門，四周的黑暗圍攏過來。走在冬夜無人的街上，一陣陣寒風刮面，我不由得打了個冷顫。[1]

典雅與淺白，各有用處。白話要寫得夠淺白，長短有致，讀來好像作者在面前與你講話一般，也須費一番功夫。可惜這些功夫，一般語文課是不教的。

《明報》二〇一二年十一月三十日

1 若是北方地道小說，可用「哆嗦」代替「冷顫」。

小說語言，勝於電影

比起其他藝術媒介，文字的力量在於思想內容與聲音韻律。文字有準確傳意的能力，各位知道的，但文字有音樂感，有物理的震盪力，就只有透過文學教育和文學創作來領略。當然，文字的音樂感，不敵音樂，以前的詩歌和小說都配有音樂演出，所謂吟誦，所謂說唱就是，後來才脫離音樂，獨以文字存在。

語言簡樸和文句無音樂感的小說，容易改編為電影而不覺得減損原著，如魯迅的小說就是。語言精巧而文句鏗鏘的小說，如張愛玲的，就很難改編為電影，要改編得好，幾乎要重新鋪寫，例如李安的《色，戒》。

妓女吸煙的心情

一位學生曾經在社區服務計劃，參與妓女維護機構「紫藤」而訪問了幾位妓女。他將採訪到的故事片段改編為小說，在課堂上展示。初見妓女露露的情景，他這樣寫的：

露露點燃了煙，吸了一口，煙頭忽明忽暗。露露臉上化着濃妝，太厚的脂粉在一室粉紅的霓虹色調下，使我想起靈堂裏的紙製人偶。她噴出一口煙，像霧一樣，縈繞在空中，瞬間又消失了。

上述的描寫，是該學生講述故事之後，經過反覆的課堂問答之後才寫下的，當作是小說的首段。學生發現他訪問的妓女多是喜歡邊吸煙邊講話的，不想講話的時候就用吸煙替代，便想用吸煙來描寫他們的內心。講述之後，便在白紙起草，之後再將他的得意之作抄寫在黑板上。然而，描述過於直白，文句靜態，小說動作（action）不足，初步修改如下：

露露拿起了擱在一邊的煙，緩緩吸了一口，煙頭隨她的呼吸有了生命，光亮起來。她臉上化着濃妝，太厚的脂粉上了霓虹光管的粉紅色，唇頰過分地紅，使我想起靈堂裏的紙製人偶。我追問了她一個問題，她半閉了眼，噴出一口煙，帶走了她想說的話。煙圈縈繞在空中，一圈扣一圈的，像難解的結。

噴煙帶走說話的思想內容，電影勉強可以拍出來，但煙圈像難解的結，電影就拍不出來了。再進一步，可以增加文句的動作，協調語言節奏，將「縈繞在空中」改為「在空中縈繞」，因為「空中」兩字聲音空洞，「縈繞」有打圈的音樂感。此外，將敘述者的紙製人偶的聯想，自我嘲諷一下，以免變成對妓女的道德譴責：

露露拿起了擱在一邊的煙，緩緩吸了一口，煙頭隨她的呼吸有了生命，光亮起來。她臉上化了濃妝，唇頰的脂粉遇上霓虹光管的粉紅，便愈發地紅，一個不好心，便看成了靈堂裏的紙製人偶。我追問了她一個問題，她半閉了眼，噴出一口煙，帶走了想說的話。煙圈在空中縈繞，一圈扣一圈的，像難解的結。

《明報》二〇一三年三月二十二日

古早黑糖與台式中文

台灣是香港好多文化人的心靈故鄉，台灣的文學、書店、食肆、小食攤檔，都是香港人的最愛。台灣的政府公文，依然典雅莊重，可堪取法，然而台灣的白話文，甚至街頭和媒體的流行文體，有他們的本土風格，香港人要打醒十二分精神，不要照單全收。

七十年代，香港文化人舉過一個台灣廣告的經典文案，就是某洗髮水在公路邊的廣告板：「拂過你的頭髮，風也要戀愛。」這無疑是驚豔之句、神來之筆。然而，佳品難求，裝腔作勢的台灣廣告也很多，香港模仿的也有，特別是台式食品店、飲品店和餐廳。

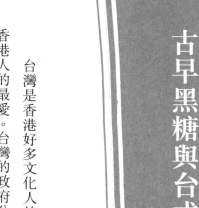

廣告就是玩弄幻覺，例如香港某養生食品店的餐牌，就寫了這段唬人的、類似白話詩的文句：

有機古早黑糖的滋養，
來自一份細心的煉製過程
從甘蔗榨出的精華，
以至人手用上八個小時的
不斷拌炒、熬煮，凝聚出蘊含
豐富微量元素的營養。

古早黑糖

與粵語相比，國語（普通話）聲調輕軟，故此口語容許很多虛詞，也不經意將這些無用的虛詞寫成文章，讀起來好聽，但看起來就累贅。廣告中的「一份」，就是無必要的量詞。然而加了上去，聽起來又好像溫情洋溢的樣子。古早是閩南話，古老、古舊的意思。古早味，就是港人說的原味。黑糖是香港人講的黃糖、原蔗糖。

甘蔗榨出的，是原蔗汁，不是什麼「精華」，提煉過的才是精華。「凝聚」是凝結聚集，以前是形容露珠、煙霧，今日一般成了抽象的社會學名詞。微量元素（trace elements 或 micronutrients）是食物中的稀有營養素，例如礦物質[1]或其他有機化合物，顧名思義，「微量」是不會很豐富的，只能說是多種。全篇的敗筆，是邏輯連詞「以至」，一來榨汁與提煉是兩個同樣的步驟，不能用「以至」來聯結，應該用「以及」。「以至」是一大一小的，有主要也有次要的。二來，這種硬生生的邏輯連詞，打斷了浪漫的文句，令人回到科學實驗室了。

通篇用形容詞片語「……的××」來做結構，讀起來像白話詩，但屬於搔首弄姿，無病呻吟，真要符合科學，又有點詩意，可以如此寫：

1 鐵、砷、錳、銅等。

有機古早黑糖
滋味在舌尖
營養在肌膚
甘蔗榨出的汁液
原封不動，用人手重複拌炒、熬煮，
八個小時的細心看顧，提煉出蘊含
多種微量元素的天然品
陽光和沃土的精華

《明報》二〇一二年六月二十二日

好心分手

黎明與樂基兒一段相距十四歲的婚姻，四年之後宣布結束。日前，兩人透過經理人公司「百仕活」向傳媒發佈分手聲明，謂兩人因生活理念嚴重分歧為理由而分開。

香港的公關公司，如香港政府一樣，深諳「失敗經濟學」的原理，就是愈失敗、生意愈穩當，沒有樹立榜樣和標準，就大家都可以各自亂來，各有各發財。

經理人公司代發的聲明，內容如下：

百仕活娛樂事業有限公司代表旗下藝人樂基兒小姐和黎明先生向外界宣布，雖然他們一起曾經渡過了很多美麗的時光和仍然關懷對方，但由於雙方在生活理念上產生了嚴重的分歧，故此在經過慎重考慮後，雙方決定正式分手，希望外界能夠在這段困難時間給他們二人一些私人空間讓他們能夠盡快適應新的生活並可以繼續專心投入工作。我們代表樂基兒小姐和黎明先生對傳媒朋友給他們的支持和愛護，表示衷心的謝意。

百仕活娛樂事業有限公司　示

日期：二〇一二年十月三日

《史記‧卷八十‧樂毅列傳第二十》云：「臣聞古之君子，交絕不出惡聲；忠臣去國，不絜其名。」意思是說君子與人的交往斷絕了，不說對方的壞話；忠貞之臣離開了故國，亦不向外申冤，解釋自己的高潔之名。絜，粵語潔或揭，整飾、修飾的意思。一夜夫妻百夜恩，好來好去，黎明與樂基兒的平靜分手，見盡人間滄桑與無奈。

然而，分手做得乾淨利落，但公關信函，卻有點拖泥帶水。句子冗長，好像餘情未了，藕斷絲連似的。「他們一起曾經渡過了很多美麗的時光和仍然關懷對方」，「他們」就是「一起」，「曾經」就是「渡過」，好重複。「生活理念」好艱深，「思想」而已；「有嚴重分歧」就可以，何須「產生了嚴重的分歧」？「給予私人空間」，就是不打擾、給予安寧之意。「盡快適應新的生活」，好像雙方都有新伴侶似的，豈非又鼓勵娛樂記者多打聽？

用君子情操，以現代語言，可以改寫如下：

本公司謹代表旗下藝人樂基兒小姐和黎明先生宣布，雙方協議分手。兩人相見甚歡，然而思想有異，考慮再三，終得分離。婚姻不再，情義永在，本公司感激大家對兩人的愛護和擁戴，然亦懇請各傳媒朋友關懷之際，給予兩人安寧，使他們可以寄情工作，忘卻傷痛。

百仕活娛樂事業有限公司敬上

二〇一二年十月三日

《明報》二〇一二年十月十二日

1 http://news.sina.com.hk/news/15/1/1/2790003/1.html。

奶粉回報你的信任

這年頭，沒見過一篇似樣的公告，不論政府還是商號，都是行文囉唆，裝腔作勢。學校中文教育固然不濟，政府與商號也是態度傲慢，取得公權力或市場壟斷地位之後，根本不在文字上尊重讀者。

下面是我在二〇一三年二月八日（年二十八）在《明報》看到的奶粉公司公告：

美贊臣竭盡所能
回報本港父母的信任

嬰幼兒的健康成長是美贊臣服務香港的最大動力。四十多年來全憑各位的支持，美贊臣成為深受信賴和歡迎的品牌。

自今年一月中旬以來，香港奶粉需求大幅飆升，不少家長因而在購買奶粉時遇到困難。面對市場突如其來的變化，我們完全理解您的憂慮，亦盡一切可能推出一系列措施以協助本地父母購買所需產品。美贊臣客户服務熱線由年初至今合共接獲四萬四千個來電，這是一個龐大的數字，一方面我們非常感激各位的支持。另一方面，儘管我們連日來不斷努力，但事實上仍存在處理不夠妥善之處，希望各位體諒。與此同時，美贊臣亦非常感激公司全體上下連日來廢寢忘餐，悉力以赴處理突發情況。

但對於近期多項沒有事實根據的指控，包括「捆綁式訂購」及操控價格，我們深感痛心及失望。美贊臣願意向大家保證，我們從未採取上述任何不恰當的手法。跨境水貨客的猖獗情況同樣令奶粉業界深受影響，在此艱難時刻，美贊臣衷心感謝本港父母依然對我們投支持和信任的一票，我們會繼續努力，回報你們的信任。

農曆新年期間，美贊臣客户服務熱線（25106321）將繼續為會員提供相應的服務，希望能令您更為安心。

回報是恩義，不是買賣

首先，顧客信任商號，商號酬謝顧客，不是回報人家。「滴水之恩，湧泉相報」，回報是恩義，不是買賣。奶粉公司不是嬰兒，不必處處提及衣食「父母」。飆升是大幅度的提升，「大幅」是多餘之詞。「突如其來的變化」，是含糊其辭，說水貨客搶購奶粉就可，何須避忌？先秦兩漢已有「失實」一詞，「沒有事實根據的指控」卻是現代的再造詞。「願意向大家保證」，是或許會做，但不保證去做的意思。沒有信心的人，才會向人家保證。

至於「遇到困難」、「處理不夠妥善之處」等語言，就令人以為公事中文只有六十多年歷史，大概由一九四九年開始吧。五千年的中文，如此寫來：

美贊臣竭盡所能
酬謝家長信任

促進嬰幼兒健康成長，是美贊臣的本分。四十年來，本公司得蒙港人厚愛，成為家傳戶曉的品牌。

今年一月中旬以來，因自由行旅客搶購，奶粉需求飆升，本地家長或須多方籌措，始能買得。為此，美贊臣設立客戶服務熱線，協助家長訂購，年初至今，接獲來電四萬四千，業務可謂繁重，員工廢寢忘餐，固然令人感激，未能盡善之處，亦請見諒。

至於近來諸種失實指控，如「捆綁式訂購」及操縱價格，令人遺憾。美贊臣在此澄清，我們從無採用此等違背商業道德之手法。

農曆新年期間，美贊臣客戶服務熱線（25106321）照常服務，請大家安心度歲。順祝新春大吉，事事如意。

《明報》二〇一三年三月一日

語言偽術，文過飾非

教育局局長，民國初年稱教育總長，是德高望重的官位，民國首任教育總長是蔡元培先生，高風亮節，言辭犀利，《蔡元培講演集》收集蔡先生頗多有關教育的演講詞，既是教學哲理之參考，也是演説的典範。香港教育局局長，當然不可以民國教育總長的修養與辭令來衡量，然則既為一方之長，也不能差得太遠，被坊間視為「語言偽術」的表表者。

古人重視言辭，孔門之教，有四科：德行、言語、政事、文學，言語居其一。二〇一二年十一月三日，在香港電台節目《教學有心人》訪問香港教育局局長吳克儉[1]，言辭反反覆覆，長篇大論，卻是一無可取。今拈兩段，當做反面教材。

第一段是夫子自道，主持人問局長上任數月來的感受。吳答：

好有挑戰性……參與、聆聽是非常重要，這三個幾月，這兩部分的功能更加顯現出來。透過傾談讓我了解更多。第二部分，教育是長線工作，做每一樣東西都要科學化，在理性大前提下亦要考慮感性方面的推行。政策是大項的，因為香港教育層面，以今年幅度來講，八百億元，佔了政府總支出的百分之二十二點幾，每五元有一元去了教育，影響層面好多，對學生的未來影響好大，在這個大前提之下，要不斷加強自己的使命感。這方面我愈聽得多，愈被人挑戰得多，衝擊得多，給自己更多反省，愈來愈理解到自己的方向和位置，和不斷學習。如果你問我呢，有少少百感交集，但幾個月內令我更加加速盡快切入去自己的新的角色裏面。[2]

1 主持：鍾傑良、何玉芬博士。

2 後面省略「發覺在傾談的時候要想多方面，講話要小心字句。平時講說話無所謂。作為問責官員，一個字有嚴重後果，要慎言」。整段說話冗長，歷時兩分鐘。謄錄自港台網站：http://programme.rthk.hk/channel/radio/programme.php?name=/heart_to_class&d=2012-11-03&p=5528&e=195714&m=episode。

香港的官員不知為何如此混帳，總喜歡將理性與感性對立：理性居先，感性居末；理性是講道理，感性就是耍性子。中西哲學都認為理性與感性平等具有合理基礎的，例如要求正義的公共生活，是理性要求，也是感性要求。至於德行，更是感性先於理性的，例如敬重父母師長，先是感性，後是理性。「加速切入角色」、「加強自己的使命感」更是廢話，決定當問責局長的一刻，這些都應具備了的。做官是擔當責任，就不說是借官位來學習，否則就請退位讓賢。吳克儉囉囉唆唆，講多錯多。這段說話，可梳理如下：

教育經費支出龐大，佔百分之二十二之多，影響深遠，三個月來，感觸深刻，我學到的是，做事不可掉以輕心，推行教育工作，要多溝通，多聆聽，情理兼備，要有學理基礎，更要有感情交流。

其他的都是廢話，不必講。另一段，問他為何推行國民教育大敗，他說原本諮詢得好好的，卻中途出事：

七月五號、六號，突然出現一份坊間的手冊，出現一本《中國模式》的公民教育老師參考的手冊，部分內容值得討論的。當日黃昏，我和同事看了，我們彈起，有一頁的內容有問題，當晚我覺得內容有偏頗，聽行家說，我們好少這樣做，我覺得這點重要，忠於教育，教育同其他不同，是專業，我們終於做了出來，民間的反應比我們預期激烈很多，原因是我一直講的是理性，但民間的反應是感性，所以頭兩個月花好多時間，講不是洗腦，不是偏頗，手冊出來是三月，我們正式的課程指引是四月出……手冊只是老師參考資料，未講過是國民教育。

吳又當市民是感性動物了。他說理失敗，便諉過於人。《易經・繫辭下傳》曰：「將叛者，其辭慚，中心疑者其辭枝，吉人之辭寡，躁人之辭多，誣善之人其辭游，失其守者其辭屈。」有叛變之心的人，言辭難掩慚愧之意。心有疑慮的人，言辭一定枝枝節節，不能斬釘截鐵。有修養的大吉之人，言辭簡單樸實。躁急多慾的人，言辭滔滔不絕，說個不休。誣害善良的人，言辭浮游不定，閃爍其詞。違背職守的人，言辭屈曲，顧左右而言他。

所謂「修辭立其誠」（《易經・乾卦・文言》），內心坦誠，才有恰當修辭。這段說話，正心而論，可作如此：

七月五號、六號，冒出一本《中國模式》的公民教育老師參考手冊，令我們大驚，連我也覺得其中內容偏頗，故此提出討論。這手冊只是教師參考資料，並非課程指引，課程指引也全不受這手冊影響的。然而，手冊內容偏頗，引起軒然大波，我們也只能承受惡果了。

《明報》二〇一二年十一月十六日

附錄：古文選讀

此處列舉之古文，乃我在大學教授之選文。讀古文，是學治國、學處世、學做人，課文以培養士大夫之標準而選，奏議、策論為先，雜說、傳記為後。讀者可以在下列參考書尋得校注及解說，日後我有餘力，再著書解說之。

參考書目如下：

高步瀛：《先秦文舉要》，北京：中華書局，一九九一。
高步瀛：《兩漢文舉要》，北京：中華書局，一九九〇。
高步瀛：《唐宋文舉要》（三冊），香港：中華書局，一九七六。
陳耀南：《古文今讀——初編》，香港：中文大學，一九九一。
陳耀南：《古文今讀——續編》，香港：中文大學，一九九九。
清•吳楚材、吳調侯編：《古文觀止》，可採以下註本輔助：
楊金鼎主編，沈抱一、沙駕濤、楊懷平編寫：《古文觀止全譯》，合肥：安徽教育，一九八四。
謝冰瑩等註釋：《新譯古文觀止》，台北：三民，一九七七。
鄭振鐸編：《晚清文選》，上海：上海書店，一九三七原版，一九八七重印。

古文精讀文選

奏議

李斯：諫逐客書
晁錯：論貴粟疏
魏徵：諫太宗十思疏

策論

賈誼：陳政事疏（治安策）
柳宗元：封建論
方孝孺：深慮論

雜說（民生）

司馬遷：貨殖列傳序
柳宗元：捕蛇者說
宋應星：天工開物序

論說（論學）

韓愈：原道
韓愈：進學解

序文

王羲之：蘭亭集序
陶淵明：歸去來辭並序
王勃：滕王閣序

雜記（宴遊）

柳宗元：始得西山宴遊記
范仲淹：岳陽樓記
蘇軾：前赤壁賦
歐陽修：醉翁亭記
袁宏道：虎丘記
張岱：虎丘中秋夜

雜記（居室）

劉禹錫：陋室銘
歸有光：項脊軒志
林紓：蒼霞精舍後軒記

傳記（任誕）	傳記（任俠）	弔祭	碑文
《世説新語》〈任誕〉篇選文 陶淵明：五柳先生傳 袁宏道：徐文長傳 馮夢龍：募緣；唱蓮花道情	司馬遷：遊俠列傳序 《世説新語・德行》：〈荀巨伯〉 蘇軾：方山子傳	李華：弔古戰場文 王守仁：瘞旅文	蘇軾：潮州韓文公廟碑 馮友蘭：國立西南聯合大學紀念碑碑文